東京湾臨海署安積班

天狼《てんろう》

今野 敏

角川春樹事務所

天狼

東京湾臨海署安積班

1

須田三郎《すださぶろう》が難しい顔をしている。

安積剛志《あずみつよし》警部補は朝、彼に会ったとたんにそれに気づいた。

須田はわかりやすい男だ。どんな感情もすぐに顔に出る。わざとそうしている節もある。彼が真剣になると、仏像のように半眼の無表情になるからだ。

おそらく村雨秋彦《むらさめあきひこ》や水野真帆《みずのまほ》もそれに気づいているはずだ。安積率いる東京湾臨海《りんかい》署刑事組対《そたい》課強行犯第一係には、巡査部長が三人いる。村雨と水野、そして残る一人が須田だ。

ちなみに、巡査部長の刑事を「部長刑事」と呼ぶが、警視庁本部には「刑事部長」がいてまぎらわしい。警視庁の刑事部長はキャリア警視監だ。巡査部長とは天と地ほどの差がある。

誰《だれ》も須田に声をかけないので、安積は言った。

「須田、朝から機嫌が悪そうだな」

「え……」

須田は、わざとらしく驚いた顔になる。「そう見えますか?」

「今朝は一段と冷え込んだから、そのせいか」

「ああ、そうかもしれません」

年が明けてしばらく経《た》ち、世間からはすっかり正月気分も抜けていた。

今日は一月二十一日火曜日だ。

「風邪《かぜ》を引いたわけでもないだろう。何があった？」

「先週の金曜日のことなんですが、『ちとせ』のマスターから相談がありまして……」

スナックちとせは、須田がよく行く管内の酒場だ。昔ながらのスナックで、マスターとママがカウンターの中にいて、女性従業員が二人いる。

安積は尋ねた。

「何があった？」

「ミカジメ料を要求されたって言うんです」

「ミカジメ……」

安積は眉《まゆ》をひそめた。「ちとせは、ずいぶん長くやってるんだろう？」

「店を開いてから二十年くらい経つということですね」

「それが、今さらミカジメ料か……」

「マスターも、これまで見たことのないやつだったと言ってました」

「見たことのないやつ……？」

「断ればいいということは、俺《おれ》にもわかりますよ。でもね、被害者にとってはそう簡単なことじゃないと思うんです。相手がタチの悪いやつだと、何するかわからないでしょう？　ちとせには女性従業員もいるし……」

安積もスナックちとせには何度か行っていて、マスターの最上伸一《もがみしんいち》とも顔見知りだ。最上は六十九歳で、店の名前は、出身地である北海道千歳《ちとせ》市から取ったということだ。

「たしかに心配だな」

「それで、暴力犯係に相談しようかと考えていたところなんです」

暴力犯係は、正しくは組織犯罪対策係なのだが、伝統的にこう呼ぶ者がまだ多い。

組対係などと言うより、ずばり暴力犯係と言ったほうがマル暴のイメージに近い気がする。

安積は言った。

「じゃあ、行ってみよう」

須田が目を丸くする。

「え……？　係長もいっしょに、ですか？」

「最上さんの店のことだ。他人事《ひとごと》のような気がしない」

安積は席を立ち、須田を連れて暴力犯係の島に向かった。

暴力犯係の真島喜毅《まじまよしたけ》係長は、安積とほぼ同じ年だ。実にマル暴らしい風貌《ふうぼう》をしている。つまり、暴力団員と見分けがつかないということだ。

「お、安積係長。何か用か？」

「須田が、相談したいことがあると言うんだ」

真島係長が須田を見て言った。

「何だ？」

須田は、スナックちとせの件を説明した。

話を聞き終えると、真島係長は言った。

「それね、原則、断らなきゃだめだ」

須田が言った。

「ええ、それはわかっているんですが……」

「須田が相談受けたんだね？　だったら、そういうふうに指導しなきゃだめだよ。そのために暴対法があるんだから……」

「でもね、一般人にしてみたら、恐ろしいわけですよ。断ったら何されるかわからないから……」

「俺たちがふざけた真似《まね》はさせないよ。ミカジメ料を要求してきたのは何者なんだ？　管内の組なら、俺が黙ってない」

「組を名乗ったりはしなかったらしいです。三十代のようだったと言ってますが……」

「相手は一人か？」

「三人組だったということです」

「三人とも若いやつだったのか？」

「ええ、三人とも同じ年代だったらしいです」

「半グレかな……」

安積は言った。「半グレは面倒なんだろう？　暴対法の網に引っかからない」

「警察庁は、準暴力団と名付けて、取り締まりを強化しろと言ってるけどね」

真島係長は顔をしかめた。「問題はそう簡単じゃない。指定暴力団なら、怪しい動きをするだけで検挙できる。例えばさ、特定抗争指定暴力団なら、組員が五人集まって立ち話するだけで引っ張れる。対立する組の事務所の周辺をうろつくだけでも逮捕だ。これはさ、ある程度組の実態をつかめているからできることなんだ」

「暴力犯係はそのために、日頃《ひごろ》からマルＢの情報を集めているわけだな」

マルＢとは暴力団、あるいは暴力団員のことだ。

マスコミでマル暴と混同されることがあるが、マル暴というのは暴力犯担当の刑事のことだ。

真島係長がうなずく。

「そうだ。だから俺たちは、管内のマルＢのことについてはほとんど把握している。うちの若い衆は、末端の組員、つまりチンピラまで把握しているよ。けどな……」

真島係長が溜《た》め息をついた。「半グレは正体がつかめねえんだ。やつらは、ヤクザみたいに組織を作らない」

「ヤクザは、ピラミッド型の組織を作るから把握がしやすいということだな？」

「そうだ。そして、ヤクザはその組織に対するロイヤリティーを持っている。組を誇りに思うわけだ。組の看板に泥を塗るようなことはやらない。だが、半グレは違う。恥も外聞もなく、やりたい放題だ」

「手の打ちようがないということか？」

「努力はしてるよ。情報収集につとめている。だが、実際のところ、暴力団だけで手一杯でさ。

俺たちだって限られた人数で日常の仕事をこなしているんだ」

「言いたいことはわかるが……」

「そして、半グレは組事務所のような拠点を持たないことが多い。つまり、神出鬼没なのさ。特殊詐欺ではスマホやネットを多用するしな。アメーバのように捉《とら》えどころがない」

「つまり、お手上げというわけか？」

「正直に言って、本部に頼るしかないって感じだね」

本部というのは、警視庁本部のことだ。組織犯罪対策部の暴力団対策課を頼りにするしかないと、真島は言っているのだ。

「それと……」

真島係長の言葉が続いた。

「それと、何だ？」

「半グレについては、交通執行課や交機隊が情報を持ってるかもしれない」

「なるほど……。半グレには暴走族ＯＢが多いと聞いたことがある」

「そっちからも情報を得ているよ。とにかく、警察庁のお偉いさんが机上で考えたとおりにはいかないってことさ」

「ええと……」

須田が言った。「つまり、ちとせのマスターがミカジメ料支払いを断って何かあっても、相手が半グレだと対処できないってことじゃないですか？」

真島係長が、少々むっとした顔になって言った。

「だいじょうぶだ。何かあれば、うちの若いモンを飛んでいかせる」

須田は「わかりました」と言ったが、納得していない様子だった。

安積は言った。

「結論としては、ミカジメ料の要求は断れということですね」

「そうしてもらわないと困る。暴力団の資金源を絶つことが重要なんだ。相手が半グレでも同じことだ」

安積はうなずいて言った。

「くれぐれもスナックちとせが被害にあわないように気をつけてくれ」

「わかってる。地域課にも言っておくよ」

交番にいる地域係員のパトロール回数を増やすなどの措置を取ってもらうということだ。

安積と須田は強行犯第一係に戻った。


その日の午後一時頃、臨海署管内で傷害事件が発生したという無線が流れ、安積班が臨場することになった。

現場は、青海《あおみ》一丁目にある大型商業施設の前だ。ユニコーンガンダムが立っているあたりだった。

須田は何度来ても、巨大なロボット像をほれぼれと見上げる。

地域係員が二人いた。一人は二十代後半の巡査部長、もう一人は二十代前半の巡査だ。

安積は、その巡査部長に尋ねた。

「傷害だって？」

「ええ。被害者は、二十四歳の男性。友人とここに遊びに来ていたんですが、いきなり因縁をつけられて殴られたそうです」

「加害者は？」

「二人組の男だったということで、我々が駆けつけたときは、すでに逃走した後でした」

「目撃情報は？」

「周囲にいた歩行者らから話を聞きましたが、被害者が証言しているとおりですね」

「被害者はどこにいる？」

巡査部長が指さした先に、地面に座り込んでいる若者の姿があった。その友人らしい人物がどうしていいかわからない様子でそばに立っている。

「救急車は？」

「手配しました。もうじき来ると思います」

「じゃあ、それまでに話を聞こう」

安積は水野とともに、被害者に近づいた。他の係員たちは周囲の聞き込みに散った。

「ちょっとよろしいですか？」

安積が声をかけると、地面に座っている若者は不安そうに顔を上げた。服の胸のあたりが血で汚れている。唇が切れたらしい。

「警視庁臨海署の安積といいます。こちらは水野。お話を聞かせていただきたいのですが……」

「何でしょう?」

「二人組の男に因縁をつけられて殴られた……。それに間違いありませんね?」

「ええ、間違いないです」

「お怪我《けが》の具合はいかがです?」

「いかがって……。痛いです」

血はまだ止まっていないようだ。水野が言った。

「写真を撮らせてもらってもいいですか?」

「ええ……」

水野が傷の様子をスマートフォンで撮影すると、安積は言った。

「ハンカチか何かお持ちですか?」

「いや、持ってないです」

安積は自分のハンカチを出して渡した。

「これを唇の傷に当てて、強く押してください。それで血が止まるはずです。じきに救急車が来るので……」

「ありがとうございます」

若者は素直に言われたとおりにした。

「あなたを殴ったのは、知っている人物ですか？」

「いいえ。全然知らない人です」

「どういう経緯だったんです？」

「俺がこいつと、写真を撮っていたら、いきなり文句をつけてきて……」

「何と言われたんです？」

「うるせえと……」

「うるせえ……」

「はい。そんなにうるさくしていたつもりはないんですが……」

「それで……？」

「金出せと言われたんで、慌ててその場を去ろうとしたんです。そしたら……」

「殴られたのですね？」

「はい」

傷害罪だけでなく、恐喝未遂だったということだ。

「何発殴られましたか？」

「二発だったと思います。俺が尻餅《しりもち》をついたら、二人は笑いながら走っていきました」

安積は脇《わき》に立っている若者に尋ねた。

「今彼が言ったことで間違いないですか？」

「はい。間違いありません」

彼も顔色が悪い。突然の出来事に驚愕《きょうがく》し、怯《おび》えているのだろう。

「相手はどんなやつでしたか？」

殴られた若者がこたえた。

「なんか、見るからにヤバそうなやつでした。一人は坊主刈りで、もう一人は普通の髪型だったけど……」

「服装は？」

「坊主刈りのほうは、黒っぽいジャンパーで、もう一人はアーミーグリーンの服を着てました」

「身長は？」

「二人とも俺と同じくらいだったと思います」

「あなたの身長は？」

「百七十五センチです」

「その他に特徴は？」

「二人ともガタイがよかったです」

そのとき、救急車のサイレンが聞こえてきた。

安積は言った。

「取りあえず、病院で治療を受けてください。その後、刑事がまたお話を詳しくうかがうことになると思います」

「わかりました」

救急隊員が駆け足で近づいてきた。

水野を病院に向かわせ、他の係員は署に引きあげた。一階の廊下で、安積は速水《はやみ》直樹《なおき》交機隊小隊長に呼び止められた。

「傷害事件だって？」

「どこでそういうことを聞きつけるんだ」

「たまたまラジコン室の前を通ったときに聞こえたんだよ」

ラジコン室は、無線連絡を取るための部屋だ。たまたま耳にするなどということはあり得ないと、安積は思った。

速水は、いつも署内をパトロールして、いつしか情報網を張り巡らせてしまったようだ。だが彼は臨海署員ではない。交機隊は警視庁本部の執行隊なのだ。

交機隊の分駐所が臨海署の中にある。これは、臨海署がまだベイエリア分署などと呼ばれていた時代からの伝統だ。

「いきなり因縁を吹っかけられたらしい」

安積は言った。「カツアゲのオマケ付きだ」

「金を取られたのか？」

「いや、恐喝のほうは未遂だった」

「相手は？」

「見るからにヤバいやつらだったと、被害者は証言している」

「犯人の目星は？」

「まだついていない。目撃情報と防犯カメラなどの映像をかき集めている」

速水の表情が引き締まった。

「実はな、ちょっと思い当たる節がある」

「何だ？」

しばらく考えてから、速水はこたえた。

「いや、確かな話じゃないんで、何かわかったら知らせる」

「何だ。思わせぶりだな」

「管内で、ちょっと面倒なやつを見かけたという情報が耳に入った。それだけのことだ」

「ちょっと面倒なやつ？　おまえが言うんだから、マル走関係か？」

マル走は暴走族のことだ。

「そうだ」

速水はうなずいた。「マル走も、そうそう悪いやつばかりじゃない。ある年齢になったら足を洗って、まっとうな職に就くやつも少なくない。大学に行くやつだっているんだ。けどな、こいつは根っからのワルだ」

「名前は？」

「篠崎恭司《しのざききようじ》。年齢は三十二歳だ」

「実はな……」

安積は声を落とした。「スナックちとせがミカジメ料を要求されたらしい」

「マルBか?」

「素性はわかっていないが、三十代らしい三人組だったということだ。どう思う?」

速水は肩をすくめた。

「何とも言えないな。だが……」

「だが?」

「篠崎を見かけたという噂《うわさ》を聞いたとたん、ミカジメ料だカツアゲだと、何だか騒がしくなった。これが無関係だと言ったら、警察官は怠慢だと言われるぞ」

「わかった。暴力犯係にも知らせておこう」

「俺も情報を集めておく」

「交機隊の仕事は、交通事案だろう?」

「いつも言ってるだろう。交機隊は万能なんだよ」

2

翌朝一番で、須田が席にやってきた。安積は尋ねた。

「どうした?」

「昨夜のことです。スナックちとせに、また三人組が現れたそうです。ミカジメ料の支払いを断ったら、客を脅して追い出したというんです」

「一一〇番はしなかったのか?」

「警察を呼ぶと言ったら、また来ると言って出ていったそうです」

「威力業務妨害だな。つまり、実害が出たということだ。今度現れたら逮捕できるぞ」

「暴力犯係に伝えたほうがいいですよね」

「そうしよう」

安積はまた、須田とともに暴力犯係の島を訪れた。

話を聞いた真島係長が言った。

「わかった。そういう揉《も》め事なら、うちで対処する」

安積は言った。

「任せていいんだな?」

「うちの若いのを張り付かせるよ」

「気になる話を聞いたんだが……」

「何だ？」

「篠崎恭司という名前を聞いたことがあるか？」

「篠崎……？　いや、ないな」

「元マル走で、タチの悪いやつらしい。その姿を管内で見かけたという者がいるようだ」

「どこからの情報だ？」

「交機隊の速水小隊長だ」

「ああ、速水の情報なら確かだろうな。そいつがスナックを脅しているというのか？」

「わからない。しかし、タイミングから考えると無関係とは思えない」

「そうだな。そいつの情報がもっとほしいな」

「速水に言ってくれ」

「わかった」

「じゃあ、スナックちとせのことはくれぐれも頼んだぞ」

「任せろ。俺たちゃマル暴だぞ」


　席に戻ると、須田が言った。

「篠崎恭司というやつ、傷害事件にも関与してますかね？」

「可能性はあるな。防犯カメラ等の映像は？」

その質問にこたえたのは、村雨だった。

「犯行現場を捉えた映像はありませんでした」

「範囲を広げて、映像を探してくれ。犯人が逃走しているところや、現場にやってくるところが映っているかもしれない」

「了解しました」

安積は、水野に尋ねた。

「被害者から何か聞けたか？」

「犯人の腕にタトゥーがあったのを思い出したと言ってました」

「二人のうちのどちらだ？」

「坊主刈りじゃないほうだと言ってました。手首の内側に錨《いかり》のようなデザインのタトゥーがあったということです」

「腕に錨……」

須田が言った。「まるでポパイですね」

水野がきょとんとした顔になる。

「何それ」

ポパイ・ザ・セーラーマン。そんなアニメを知っているのは六十代以上だろうと、安積は思った。

「わかった。その他には？」

「あとは、現場で聞けたことの確認が取れただけです」

安積はうなずいた。

そして、係員たちに篠崎恭司のことを伝えた。

「管内で姿を見かけた者がいるということだから、留意してくれ」

村雨が言った。

「ヤサとかがわかっていれば、見張りますが……」

安積はこたえた。

「そういう情報はまだない」

「人体《にんてい》は？」

「写真等もまだ入手していない。俺も話を聞いたばかりなんでな」

「わかりました」

「傷害および恐喝未遂の件は、村雨と桜井《さくらい》が追ってくれ」

「はい」

スナックちとせの件がどう展開するかわからない。だから、須田・黒木《くろき》組はフリーにしておきたかった。

村雨たちは聞き込みに出かけていき、安積の他には、水野、須田、黒木が残っていた。

午後二時頃、また傷害事件の無線が流れた。

安積は言った。

「村雨たちの事案と関連があるかもしれない。彼らを向かわせよう」

すると、隣の島から声が聞こえた。

「今回は、俺たちが出ますよ」

強行犯第二係の相楽啓《さがらけい》係長だった。「安積班は忙しそうですからね」

他意はないのだろうが、相楽の言葉は皮肉に聞こえてしまう。

安積は言った。

「じゃあ、頼む」

相楽班の捜査員が出動した。

須田がその後ろ姿を眺めながら言った。

「何だかきな臭いですよね……」

「きな臭い？」

「管内の雰囲気が、ですよ。お台場《だいば》とか有明《ありあけ》とか、もともと比較的揉め事の少ない地域じゃないですか」

安積は応じた。

「そうかもしれない」

須田が何を言いたいかはわかる。今、臨海署管内では、何か普通でないことが起きつつあるのかもしれない。

「でも……」

水野が言う。「どんな地域だって、平穏な時期もあれば、荒れる時期もあるでしょう」

須田がそれにこたえた。

「スナックちとせなんて、二十年もやっていて、今回のようなことは初めてなんだ」

水野が言う。

「篠崎恭司というやつが何かを始めたということ？」

「それは充分に考えられるだろう」

「篠崎の目的は何？」

「何だろうね。でも、篠崎に大きな影響力があることは間違いない」

「どうして？」

「姿を見かけただけで噂になるんだ」

安積は二人のやり取りを黙って聞いていた。

彼らは同期だ。だから、本音で話をする。

須田が言うとおり、管内がざわついているのは確かだ。それが一時的なものであってほしいと、安積は思った。


その日の午後八時頃、安積の席の警電が鳴った。

「はい、強行犯第一、安積」

「榊原《さかきばら》だ」

刑事組対課長だ。

「帰宅されたと思っていましたが……」

「今自宅だ。真島係長から知らせがあってな」

「真島係長から？」

「組対係員が病院送りになったそうだ」

榊原課長は、暴力犯係のことを正式な名称で呼んだ。

「どういうことです？」

「スナックちとせって知ってるか？」

「はい。ミカジメ料を要求されているという相談を受けていました」

「組対係員が張り込んでいたそうだ。そこにやってきた男たちと乱闘になり、怪我をしたということらしい」

「……で、真島係長は？」

「現場にいる。傷害事件だ。安積班も行ってくれ」

「了解しました」

電話を切ると、安積は係員たちに言った。

「スナックちとせで、傷害事件だ」

村雨と桜井も戻ってきて、係員は全員顔をそろえている。

彼らは一斉に立ち上がり、出入り口に向かった。

徒歩で移動する間、係員たちに榊原課長から聞いたことを伝えた。

村雨が言った。

「傷害事件って、警察官がやられたってことですか？」

「ああ。ただの傷害じゃなくて、公務執行妨害でもある」

須田が言う。

「それで、マスターの最上さんや、他の従業員は？」

安積はこたえた。

「それはまだわからない」

安積は足を速めた。


現場はひどい有様だった。

見慣れたスナックちとせの店内はすっかり様子が変わっている。スツールが転がり、グラスやボトルが割れたのだろう、ガラスが散乱していた。

カウンターの椅子《いす》もいくつかがひっくりかえっており、奥の棚のボトルの多くも破損していた。

私服の若い連中がいるが、彼らは機捜隊員だった。初動捜査に駆けつける警視庁本部の執行隊だ。

安積は、その機捜隊員の一人と話をしている真島係長に近づいた。

彼はいつにも増して剣呑《けんのん》な感じがした。

「何があった?」

真島は安積を睨《にら》みつけ、それから自分を落ち着かせるように呼吸をしてから言った。

「こんなことになって、面目ねえ……」

「ミカジメ料を要求しているやつらが、また来たんだな?」

「そういうことだ。うちの若いのが注意した。すると、いきなりそいつらが暴れだしたというこ
とだ」

「『うちの若いの』というのは、係員のことだな?」

「そうだ」

「こちらの身分を告げたのか?」

「告げたと言っている」

「つまり相手は、警察官だと知った上で暴力を振るったということか?」

「そういうことになるな。だから、許せねえんだ」

「それで、マスターや店の従業員は?」

「機捜車とパトカーの中で話を聞いている」

「無事なんだな?」

「マスターは怪我をしたようだが、かすり傷だ。女性従業員たちは無事だが……」

真島係長は店内を見回した。「店がこの有様じゃな……」

機捜隊員が言った。

「店にやってきたのは三人組だということです」

安積は尋ねた。

「ミカジメ料を要求していたやつらがいる。同じ連中だろうか」

機捜隊員はうなずいた。

「はい。同一人物だと、最上伸一さんは証言しています」

安積は真島係長に言った。

「おたくの若いのは、その犯人たちを目撃したわけだな」

「した」

「見覚えは?」

「ないと言っている。既存の暴力団の組員じゃない」

「やはり、半グレか」

「マル暴を病院送りにするとは、ふざけたやつらだ。ただじゃおかねえ」

「熱くなるな」

「熱くなるなだと? あんたの部下が同じ目にあってもそんなことを言ってられるか?」

どうだろう。自信はなかった。

「相手を割り出して逮捕する。俺たちにできることはそれだけだ」

「わかってるよ」

真島係長が言った。「報復なんて考えていない。ただな……」

「ただ、何だ？」

「このままじゃ腹の虫が治まらない」

「だったら、犯人グループの全容をつかんで、全員検挙することだ」

「篠崎だがな。速水からだいたいの素性は聞いたが、情報が古い」

「だろうな。速水が知っているのは、マル走時代の情報だ」

「だがまあ、手がかりには違いない」

「この件は篠崎の仕業だと思うか？」

「それはまだわからんが、関与しているような気がする」

真島係長の言葉に、安積はうなずいた。

「俺もそう思っている。俺たちが臨場した傷害と恐喝も無関係じゃない気がする」

「午後二時頃、無線が流れたな。やはり傷害だと言ってたが……」

「その件は、相楽班が臨場した」

「安積班の傷害事件と同一犯か？」

「まだ、相楽から話を聞いていないので、それはわからない。だが、須田が何だかきな臭いと言っていた」

「そうだな。そして、それは篠崎の仕業のような気がする」

「とにかく、証拠をつかむことだ」

「わかってる」

「俺は、マスターの様子を見てくる」

真島係長がうなずいたので、安積はその場を離れた。

真島係長はマル暴の面子《メンツ》を潰《つぶ》された。ただじゃおかないというのは本音だろう。そして、そのくらいの気概がないと、マル暴などつとまらないに違いない。

いや、マル暴だけではない。同僚が怪我をさせられてのほほんとしているようなら、警察官など辞めたほうがいいと、安積は思う。

罪を憎んで人を憎まずなどと言うが、警察官の任務はきれい事では済まない。現場の係員たちは文字通り命がけで戦っているのだ。

いかんな。安積は思った。真島係長に「熱くなるな」などと言っておきながら、自分自身がかなり熱くなっている。

最上伸一は、機捜車の後部座席にママの竹見《たけみ》昭恵《あきえ》といっしょにいた。安積の姿を見ると、二人は車から降りてきた。

最上は言った。

「やられた刑事さんたちはだいじょうぶですか？」

安積は、彼らの様子はまったくわからなかったが、「だいじょうぶです」とこたえた。

「署員に暴力を振るったのは、ミカジメ料を要求してきた連中ですね？」

「そうです。同じ三人組です」

「彼らは名乗りましたか？」

「いいえ。名前はわかりません」

「互いに仲間を呼び合うことも……？」

「ありませんでした」

その三人の中に篠崎がいたかどうかも、まだわからないということだ。

「怪我をされたということですが……」

「殴られて、頬《ほお》が腫《は》れているだけです」

「傷害罪で捜査を始めます。犯人は必ず捕まえます」

「お願いします」

「店をひどくやられましたね」

最上はかぶりを振った。

「損害保険には入っていますが、こういうのに適用されるかどうか……」

「被害届を出してください」

「ええ、そうします」

安積は、最上の隣にいる竹見昭恵に言った。

「だいじょうぶですか？」

「だいじょうぶじゃないけど、何とかしますよ」

安積は、しばらく言葉を探していた。

すると、竹見昭恵は続けて言った。

「暴力は恐ろしいですけどね。負けるわけにはいきませんよ」

安積はうなずいた。

「二度とこんな真似はさせません」

「こうなる前に手を打ってほしかったんですけどね」

「申し訳ありません」

「でも、そんなことを言っても店が元に戻るわけじゃないしね。ほんと、頼みますよ」

「はい」

安積はそう言い、二人に礼をしてその場を離れた。

村雨が近づいてきて言った。

「この店にカメラはありませんでした。付近の防犯カメラを当たります」

「わかった」

「この事案、暴力犯係が手がけるんですよね」

「傷害だから、俺たち強行犯係の仕事だ」

「でも、真島係長が黙っていないでしょう」

「だから、俺たちが担当するんだ」

真島係長が冷静に捜査できるかどうかわからない。もちろん、暴力犯係の協力を得なければならないが、強行犯第一係が主導権を握っておく必要がある。

万が一、真島係長が暴走しそうになったとき、止める者が必要なのだ。

「なるほど……」

村雨が言った。「そういうことですか。わかりました」

そのとき、パトカーがやってくるのが見えた。赤色灯がルーフに直接取り付けられている。交機隊のパトカーだ。

運転席から降りてきたのは速水小隊長だった。

彼はまっすぐに安積に歩み寄ると言った。

「マル暴が病院送りになったって？」

「どうして知っている？」

「無線で聞いたんだよ」

「交通系の無線で、そんなことが流れるのか？」

「そうだよ」

速水は平然とこたえたが、そんなはずはない。捜査系の無線を聞いていた誰かから知らせが入ったに違いない。

「真島係長はいきり立ってるだろうな」

「思ったより冷静だよ。篠崎のこと、訊《き》かれただろう」

「ああ。だが、俺が知っているのは、あいつがマル走だった頃のことだ。今はヤサもわからない」

「突きとめる方法は？」

「篠崎の昔の仲間に訊いてみる手はあるな。しかし……」

「しかし、何だ？」

「その仲間が今回、いっしょにミカジメ料の取り立てや、恐喝なんかをやっているんだとしたら、口を割らんだろうな」

「なんとかやってみてくれ」

「ああ、わかってるよ。やるしかないだろう。でないと、真島係長を止められないかもしれない」

安積はただ黙って、速水の顔を見つめた。

3

翌朝の一番に、相楽が安積の席にやってきて告げた。

「昨日の傷害事件ですがね、どうやら犯人は、安積班の事案と同一人物のようですね」

「坊主刈りと錨《いかり》のタトゥーか？」

「そうです。被害者がそう証言しています」

「防犯カメラの映像は？」

「今当たっていますが、望み薄ですね。公園のど真ん中で、防犯カメラからは死角になっています。そちらはどうです？」

「こちらも今探しているところだ。入手できたら、すぐに知らせる」

相楽はうなずいてから、声を落とした。

「真島係長は、ずいぶんと腹を立てているということじゃないですか」

「部下を病院送りにされたんだからな。そりゃ、腹も立つだろう」

「安積係長に啖呵《たんか》を切ったんですって？」

「啖呵を切った？」

「襲撃されたスナックは自分たちで守るって言ったんでしょう？」

「ああ……。だが、あの状況では誰《だれ》でもそう言うだろう。真島係長は自信があったんだ」

「でも、ああいう結果になった……。面子《メンツ》は丸潰《まるつぶ》れですよね」

「潰れたのは、真島の面子じゃない」

「え……？」

「臨海署の顔が潰されたんだ。腹を立てているのは、真島だけじゃない」

相楽がにっと笑って言った。

「おっしゃるとおりですね。もちろん、俺《おれ》も腹を立てています」

「今、速水が篠崎恭司という人物について調べている」

「何者です？」

「元マル走だ。年齢は三十二歳。スナックちとせの件や、二件の傷害に関与しているかもしれない」

「わかりました」

相楽は言った。「その名前、覚えておきますよ。じゃあ……」

安積のもとを離れていった。

安積は、ガンダム付近の傷害事件の捜査に出ている村雨に電話をした。

「相楽たちの事案と同一の犯人の可能性が高い」

「……でしょうね」

村雨は言った。「大元がいっしょのようですから」

篠崎のことを言っているのだ。

「まだそうと決まったわけじゃない」

「ええ、そうですね。でも、そういう鑑が濃いことは間違いありませんよ」

「防犯カメラの映像はどうだ？」

「今、探しています」

「わかった」

安積は電話を切った。


それから約一時間後の午前十時頃《ごろ》、村雨と桜井が戻ってきた。

「犯人らしい二人組が映っている映像を入手しました」

村雨がそう言った。

安積は尋ねた。

「どこの防犯カメラだ？」

「国道を渡ったところにあるコンビニ前のカメラです。これから桜井と二人で解析を始めます」

「頼む」

ビデオ解析は苦行だ。延々と退屈な画面を見つづけなければならない。眼《め》もひどく疲れる。

本部には捜査支援分析センター、略してＳＳＢＣがあり、映像や電子機器の解析を専門にやっているが、すべての依頼を引き受けてくれるわけではない。

どうしても、特捜本部や捜査本部で扱うような重要事案が優先される。そういうわけで、起訴されるかどうかもわからない傷害事件などは、所轄が自前で解析をやらなければならないのだ。

村雨と桜井のコンビなら、すぐに結果を出してくれるだろうと、安積は期待した。村雨とは反りが合わないのだが、信頼はしている。

午前十時半頃、安積は速水に電話してみることにした。

「何かわかったか？」

「おい、昨日の今日だぞ。無茶言うな」

「交機隊は万能なんだろう？」

「もちろんそうだが、なにせ、篠崎がマル走だったのは、十年以上も前のことだ。当時の仲間を見つけるのもたいへんなんだ」

「何とかしてくれ」

「わかってるよ」

速水が言うとおり、「無茶」な話だというのは自覚している。速水は捜査員ではない。交機隊には交機隊の仕事があるのだ。

彼はその、仕事の合間に篠崎の仲間について調べてくれている。時間がかかるのはもっともな話なのだ。

それでも彼はやってくれると、安積は信じていた。

「村雨と桜井が、傷害の犯人らしい人物が映っている映像を入手した」

「防犯カメラか？」

「そうだ。今解析中だから、じきに二人組の人着《にんちゃく》がわかるはずだ」

「画像が上がったら送ってくれ。知ってるやつらかもしれない」

「わかった」

「真島はどうしてる?」

「わからない。今日はまだ会っていない」

「様子を見にいってやれ」

「そうだな」

電話が切れた。


午前十一時過ぎに、須田がやってきて言った。

「聞きましたか? 病院にいた暴力犯係の二人が帰ってきたらしいですよ」

まるで家族でも退院してきたかのように嬉《うれ》しそうな顔をしている。

もちろん嬉しくないはずはないが、こんな顔をするほどではないはずだ。須田は、こういう場合はこういう表情をすべきだと決めているようだ。

人とのコミュニケーションが苦手だった須田は、おそらくリアクションの仕方を、テレビドラマなどから学んだのではないだろうか。あるいは、アニメからかもしれない。

彼の反応がおしなべて大げさなのは、そのせいなのではないかと、安積は思っていた。

「出勤しているということか?」

「そう聞いています」

「そうか。それはよかったな」

「ええ、本当に。重傷でなくて、ほっとしました」

「ちとせのマスターたちの様子はどうだ？」

とたんに、須田の表情が曇る。その変化は滑稽《こっけい》なくらいだが、本人はいたって真剣なのだ。

「被害届を受理しました。いやあ、店の中はさんざんな有様ですからねえ。片づけやら修理やらで、何日か営業できませんよね。まあ、従業員たちに怪我《けが》がなかったのが、不幸中の幸いですが……」

「犯人たちの身元は？」

「まだわかっていません。過去に傷害の犯罪歴がある者の写真を、マスターたちに見てもらおうと思っていますが……」

「わかった」

安積がうなずくと、須田は席を離れていった。

その後ろ姿を眺めているうちに、安積は真島係長に会いにいこうかと思い立った。速水に言われて、行かなけりゃならないと思っていたのだ。

安積は席を立って、暴力犯係の島に向かった。

真島は、席にいてパソコンを睨《にら》んでいた。溜《た》まっている書類仕事をしているようだ。

「病院から部下が戻ってきたって？」

安積が声をかけると、真島は驚いたように顔を上げた。

「安積係長か。ああ、今日は普通に出勤している」

「退院したということは、怪我はたいしたことがなかったんだな？」

「打撲と、少々の裂創。一人は殴られたときに軽い脳震盪《のうしんとう》を起こしたらしいが、検査の結果は異常ないということだ。もう少し病院にいろと医者が言うのを、無理やり退院してきたらしい」

「休ませたほうがいいんじゃないのか？」

「そうしたいが、本人たちがうんと言わない」

「責任を感じているんだろう。そんな必要はないと言ってやれ」

「いや、責任は感じてもらわないと困る」

「責任を取るのは上司の役目だ」

「だから、やつらも俺も責任を取る」

「どうやって？」

「犯人を見つける」

安積はうなずいた。

「その部下たちから、犯人の人着について聞きたいんだが……」

「今、外に出ている。それに……」

「それに、何だ？」

「こういうこと、言いたくないんだけどな。これは俺たちの事案だ」

「だから、口を出すなと？」

「いや、そうは言ってない。わかるだろう。このままじゃ俺たちの面子が立たない」

「気持ちはわからないではない。だが、これは傷害事件ならびに器物損壊だ。強行犯係の事案なんだよ」

「なあ、頼むよ。俺たちから事案を取り上げないでくれ」

「取り上げるとは言ってない。俺たちもいっしょに捜査すると言っているだけだ。だから、協力してくれ」

「もちろん協力はする」

「犯人を目撃した部下が出かけていると言ったな」

「出かけている」

「戻ってきたら、話を聞かせてくれ」

「ああ、わかったよ」

「それから、今、村雨がガンダムの近くで起きた傷害事件の被疑者らしい人物が映っている映像を入手した。その画像ができたら、送るから、それを部下にも見せてくれ」

「了解だ」

真島係長の席を離れようとすると、彼が言った。

「なあ、安積係長」

「何だ？」

「あんた、怒ってるだろうな」

「なぜそう思う？」

「スナックちとせのことは、俺に任せろと言ったのに、このざまだ」

「怒ってなどいないし、失望もしていない。だから、余計なことは考えるな」

「余計なことって、何だ？」

「雪辱とか、名誉挽回《ばんかい》とか、そういったことだ。警察官としてやるべきことをやる。それで充分だ」

安積は真島係長の顔を見た。

彼は悲しそうな顔をしたままだった。


午後になり、村雨がやってきて言った。

「被疑者二人の写真を作りました。静止画像からトリミングしたものですが、何とか人着がわかると思います」

「見せてくれ」

村雨はプリントアウトを差し出した。一人は髪を短く刈っている。もう一人は、特徴のない髪型だ。

「タトゥーは写っていないのか？」

村雨がさらにもう一枚のプリントアウトを示した。

「拡大したものです。はっきりしませんが、これがタトゥーだと思います」

前腕部に、黒いシミのようなものが写っている。ぼんやりしているが、錨に見えなくもない。

「画像を、真島係長と相楽係長に送ってくれ」

「相楽係長にもですか?」

「彼らが担当している傷害事件と同一犯かもしれないんだ」

「わかりました」

「あ、それから速水にもだ」

「はい」

「須田はどこだ?」

「スナックの件で捜査に出てます」

「須田にもその画像を送って、最上さんたちに見てもらうように言ってくれ。もしかしたら、そちらの件の犯人の可能性もある」

「了解しました。……というか、当然、須田だけじゃなく係員全員で共有しますけどね」

こいつ、やっぱり一言多いなと思った。

「俺のケータイにも送ってくれ」

「係長にはすでに送ってありますよ」

安積はスマートフォンを取り出して確認した。たしかに、二人の被疑者の顔写真と全身の写真が送られてきていた。

わざわざ紙にプリントしたのは、そのほうが説明しやすいからだろう。「スマホを見てくださ い」で済むものを、こうして手間を惜しまないのが村雨だ。

その用意周到さが鼻につくのだが……。

安積は、警電の受話器を取って真島係長にかけた。

「村雨が被疑者の画像を作ったので、送った」

「了解。確認した。こいつを、うちの若いのに見せればいいんだな？」

「そうしてくれ」

「写真を見せた後、あんたのところに行かせるよ」

「わかった」

受話器を置いて約十分後に、二人の係員が安積を訪ねてきた。

「暴力犯係だな？」

二人は声をそろえて「はい」とこたえた。

一人は左の頰《ほお》を腫《は》らしている。これはそのうちに、目のまわりのアザになるだろう。

青タンは目の周囲を殴られたからできるわけではない。顔面のどこかを殴打されて内出血すると、次第に目のまわりが黒くなっていくのだ。

頰を殴打されても、額を打っても同様の状態になる。

もう一人は、外傷は見て取れないが、動きがぎこちない。肋骨《ろっこつ》をやられたなと、安積は思った。

衝撃が加わると、肋軟骨には簡単に亀裂《きれつ》ができる。激しい咳《せき》が続くだけでひびがはいることがある。そうなると、咳をしたり笑ったりするだけで痛い。もちろん行動は大幅に制限される。

「二人とも、だいじょうぶか？」

片方がこたえた。

「だいじょうぶです」

「官姓名を教えてくれ」

一人は、古賀《こが》毅郎《たけろう》巡査部長、もう一人は前田《まえだ》寛之《ひろゆき》巡査長と名乗った。古賀のほうが少しだけ年上のようだ。

「医者はまだ入院していろと言ったのに、無理やり出てきたと聞いたぞ」

古賀巡査部長がこたえた。

「病院で寝てなどいられません」

「脳震盪を起こしたらしいじゃないか」

「大げさなんです。一発食らったら、誰だってクラっとするでしょう」

安積は前田巡査長を見た。

「あばらにひびが入ってるんじゃないのか？」

「はい、おっしゃるとおりです」

「それじゃ満足に動けないだろう」

「慣れているので、だいじょうぶです」

「慣れている？」

「学生時代に空手をやっておりました」

「なるほど……」

二人は体格がいい。おそらく術科の成績もよく、腕に自信があったに違いない。

腕自慢の警察官は大歓迎だ。だが、自分を過信するやつは願い下げだ。本人だけでなく、同僚を危険にさらす恐れがあるからだ。

「相手は三人だったんだな?」

古賀が「はい」とこたえた。

「二人だったら勝てたか?」

「勝てたかというご質問にはおこたえしかねます」

「なぜだ?」

「自分らは、試合や喧嘩《けんか》をしにいったわけではありません。あくまで違法行為の検挙に向かったのです」

安積は前田を見て言った。

「君も同じ考えか?」

「同じであります」

「今度君たちを病院送りにした三人を見つけたらどうする?」

古賀がこたえる。

「傷害、器物損壊、および公務執行妨害の容疑で逮捕します」

「リベンジマッチは考えないのか?」

「そのようなことは考えません」

「一刻も早く、三人を見つけて殴りたいと考えて、病院を出たんじゃないのか?」

「退院したのは、早く職務に戻りたかったからです」

安積は、古賀と前田を交互に見た。そして、言った。

「俺に嘘《うそ》をつくと面倒なことになるぞ」

古賀がこたえる。

「嘘はついておりません」

前田が言った。

「自分も同じです」

安積はうなずいた。

「今言ったことが本当なら、君らは真島係長より冷静だということになるな」

古賀が驚いた顔になった。

「係長は冷静です」

安積はかぶりを振った。

「俺が熱くなるなと言ったら、真島係長は、あんたの部下が同じ目にあってもそんなことを言ってられるかと言い返した」

古賀と前田は黙って安積を見ていた。

安積は言葉を続けた。

「俺は考えた。そんなことになったら、俺はとても冷静ではいられない。だから、真島係長も冷静ではないんだ」

古賀が言った。

「自分らがヘマをやったせいです」

安積は再び首を横に振った。

「ヘマなどやっていない。仕事を続けているといろいろなことが起きる。それだけのことだ。いちいちこだわっていたら、警察官はつとまらない」

古賀と前田は緊張を高めた。そしてまた、二人同時に「はい」とこたえた。

なるほど、真島係長が「うちの若いの」などと言ってかわいがっているのがわかる。二人ともよく教育されている。

確認のために安積は、二人に対して少々きついことを言った。二人を試したのだ。それは終わりにして本題に入ろうと思った。

4

「写真を見てくれたな?」

村雨たちが作った写真だ。

古賀がほっとした様子でこたえた。

「はい。見ました」

「スナックちとせで暴れた三人組と一致する人物はいたか?」

「いいえ、いませんでした」

「二人ともスナックちとせにいた者とは違うということだな?」

「違います」

「三人の人着《にんちゃく》は?」

「一人は百八十センチ以上の長身で、ガタイもよかったです。金髪のオールバックで、こいつは、格闘技の経験がありそうでした。二人目は、身長百七十センチくらい。上半身の筋肉が発達していて、ウエイトなどのトレーニングをやっていそうでした。こいつは短髪でした。最後の一人は、身長百七十五センチくらい。太り気味でした。もじゃもじゃした髪にもみ上げから続く顎鬚《あごひげ》がありました。三人とも年齢は三十代前半というところです」

安積はそれを机上のノートにメモした。

「名前はわからないか?」

「わかりません」

「彼らは互いに呼び合ったりはしなかったのか?」

「しませんでした」

その三人の中に篠崎はいるのだろうか。

思案していると、古賀が言った。

「あの二人の写真は、傷害および恐喝未遂の被疑者なのですね?」

「そうだ」

「彼らは、スナックの三人の仲間なのでしょうか?」

「さあな。だが、もしそうだとしたら、やつらは少なくとも五人以上のグループということになる」

「そういうことになりますね」

すると、前田が言った。

「あの……。よろしいですか?」

安積は言った。

「何だ?」

「半グレは、組織を持ちません。その時その時で、組む相手も違います。グループという考え方は当てはまらないかもしれません」

安積はうなずいた。

「その話は真島係長から聞いている。誰か中心人物がいて、彼ら五人はその人物に動かされているということだな」

前田は言った。

「おそらく、そういうことだと思います」

その中心人物が篠崎である可能性は高い。

安積は、古賀と前田に言った。

「話は以上だ」

二人は礼をしてその場を離れようとした。

安積は言った。

「怪我に障るから無理はするな」

二人は振り向いて、もう一度礼をした。


午後二時頃、速水がやってくるのが見えた。スカイブルーの交機隊の制服は目立つ。

「何だ?」

安積が尋ねると、速水はこたえた。

「あの二人に見覚えがある」

「あの二人? 村雨が送った写真か?」

「送ってきたのは桜井だがな。その写真だ」

正確に言うと防犯カメラ映像の静止画像をキャプチャーしたものだが、一般的に「写真」で通る。

「どちらかが篠崎なのか？」

「いや、違う。だが、篠崎と同じ時期に、マル走だった連中だ」

「同じ族だったのか？」

「違うと思うが、当時面識はあっただろうな」

「つまり、篠崎とつながるということだな」

「つながるだろうな」

「身元はわかるか？」

「今調べているが、俺も暇じゃないんでな……」

「それはわかるが……」

「捜査本部を作って、俺を吸い上げてくれれば、捜査に専念できる」

「俺にそんなことを言われてもな……」

「おまえなら、何とかなりそうな気がする」

「ばか言え、捜査本部設置を決めるのは、刑事部長だぞ」

「刑事部長に話をしろよ」

「できるわけないだろう」

安積は、隣の島の相楽係長を呼んだ。「刑事部長と話すのは無理だが、相楽には話せる」

「何ですか、安積係長」

相楽は、速水を気にしながら言った。

「村雨が送った写真を見たか？」

「ええ。係員全員に送りました」

「速水小隊長が、あの二人に見覚えがあると言うんだ」

相楽が速水に言った。

「え……？　マル走ですか？」

「元マル走だ。今はどこで何をやっているかわからない。だが、部下に当たらせている」

「速水小隊長、刑事課に来てくれればいいのに」

「天下の交機隊が、何が悲しくて刑事なんかに……」

相楽が肩をすくめた。

安積は言った。

「この二人は、篠崎と同じ時期にマル走をやっていたらしい」

「わかりました」

相楽が言った。「うちの班でも調べてみます。あの二人、うちの事案の被疑者でもあるわけですから」

「頼む」

相楽はうなずいて、席に戻っていった。

二人になると、速水が言った。

「相楽のやつ、最近おとなしくなったじゃないか。以前は、ずいぶんとおまえに突っかかっていたが……」

「臨海署に慣れたってことだろう。慣れないときは緊張して、何事にも過剰反応するもんだ」

「おまえに白旗を揚げたんじゃないのか?」

「白旗を揚げた?」

「ライバル視していたが、とてもかなわないと諦《あきら》めたんじゃないかってことだ」

「相楽は優秀なやつだよ」

速水は、ふんと鼻で笑った。

「じゃあ、俺は仕事に戻る」

「ああ。また何かわかったら知らせてくれ」

「わかった」

安積は、去っていく速水の姿を見た。いつどこにいても自信に満ちている。そんな速水を、いつもうらやましいと思う。

須田と黒木は、スナックちとせの傷害・器物損壊、および公務執行妨害の捜査で外に出ている。村雨と桜井もガンダムの近くで起きた傷害・恐喝未遂の件で出かけていた。

水野だけが残っていた。彼女はパソコンに向かい、せっせと書類仕事をしている。

午後五時になり、相楽班の捜査員たちが外から戻ってきた。何やら慌ただしい雰囲気だ。何か進展があったのかもしれないと思っていると、相楽がやってきて告げた。

「写真の二人の身元がわかりました。短髪のほうは、高野耕一《たかのこういち》。年齢は三十二歳。タトゥーがあるほうは、石毛琢也《いしげたくや》、同じく三十二歳です」

水野が近寄ってきて、メモを取った。

安積は言った。

「身柄は？」

「これから向かいます」

「わかった。速水小隊長と真島係長に知らせておく」

「お願いします。じゃあ、行ってきます」

相楽班全員が出動した。

安積はまず、真島係長に電話をした。

「写真の二人の身元がわかった」

水野のメモを見ながら伝えると、真島が言った。

「そいつら今、どこにいるんだ？」

「相楽班が身柄確保に向かっている」

「俺たちも行こうか」

「相楽班に任せておけばだいじょうぶだろう」

「そいつら、何者なんだ？」

「速水によると、元マル走だそうだ。篠崎と同時期にマル走をやっていたと……」

「篠崎の仲間か？」

「本人たちから聞き出せるだろう」

「わかった。もし、そいつらが半グレだったら、俺たちにも話を聞かせてくれ。半グレの情報がほしい」

「了解した」

受話器を置くと、水野が言った。

「村雨さんたちにも知らせておきましょう」

「そうだな。頼む」

水野が自分の席の警電で連絡を取った。

それからほどなく、村雨と桜井が戻ってきた。村雨が言った。

「身柄が届いたら、相楽班と協力して取り調べをします」

「そうしてくれ」

須田・黒木組も戻ってきた。

写真の二人の身元がわかったことを知ると、須田は目を丸くして言った。

「相楽班のお手柄ですね。そいつらが、スナックちとせの件の三人を知っているかもしれないし」

「そうだな」

安積は言った。「そのことについても、話を聞いてみよう」

午後七時頃、相楽班が戻ってきた。

相楽が言った。

「二人の身柄を確保しました。すぐに取り調べを始めます」

「ガンダムそばの傷害・恐喝未遂の件でも取り調べをしたい」

安積が言うと、相楽は素直にうなずいた。

「では、我々は先に高野のほうを調べます。安積班は、石毛をお願いします」

「わかった」

二人の被疑者を別々の取調室に入れた。村雨と桜井が石毛の取り調べに向かった。

それから二十分ほど経《た》った頃、速水が安積のもとにやってきて言った。

「二人を引っ張ったそうだな?」

「相楽班が身柄確保した」

「高野と石毛に間違いないな」

「そっちでも身元を確認したのか?」

「ああ。うちの隊員が調べた。二人は同じ地域の中学の同級生で、バイクでつるんで走っていた」

「同じ暴走族なのか?」

「もう、族という時代じゃなかった。組織に所属するんじゃなくて、適当に集まって走ったり遊んだりしていたらしい」

「なるほど……」

「話が聞きたい」

「何のために？」

「やつら、篠崎のことを知っているはずだ」

安積はしばらく考えてから言った。

「相楽に訊《き》いてみる」

「ああ」

席に相楽の姿はない。取調室だろうか。

電話をかけようかと思ったが、安積は躊躇《ちゅうちょ》した。取り調べというのは刑事と被疑者の真剣勝負の場所だ。そのやり取りは実にデリケートだ。

電話の音で緊張と集中が途切れることもある。安積は、相楽班が担当している取調室を訪ねてみることにした。

「ここで待っていてくれ」

速水にそう言うと、安積は席を立った。


取調室のドアをノックすると、ほどなく相楽班の捜査員が顔を出した。

「相楽係長と話がしたいんだが……」

「お待ちください」

しばらくして、相楽が出てきた。

「どうしました？」

「取り調べ中に済まない」

「いいんですよ。まだ小手調べの段階です」

「速水が話を聞きたいと言ってるんだが、かまわないか？」

「別にいいんじゃないですか。安積班が調べている石毛のほうからやってみたらどうです」

「そうする」

「高野に話を聞きたいときは、また声をかけてください」

「わかった」

「わざわざ仁義を切ってくれたんですね」

「取り調べは相楽係長が仕切っているからな」

「そういう気づかいはありがたいです」

「じゃあ……」

安積は、取調室を離れ強行犯係の席に戻った。安積の椅子《いす》に速水が腰かけていた。彼は安積の姿を見ても立ち上がろうとしなかった。

安積は立ったまま言った。

「今、村雨と桜井が調べている石毛というやつから話を聞こう」

速水がようやく腰を上げた。

石毛琢也は村雨と向かい合っていた。ジャンパーを着ているが、袖《そで》をまくり前腕部を見せているので、タトゥーが見て取れた。

「ガタイがよかった」と被害者が言っていたとおり、石毛の体格はかなりいい。

安積と速水が入っていくと、村雨が振り返り、立ち上がった。安積は尋ねた。

「何かしゃべったか?」

「金を要求したことや、殴ったことは、覚えていないと言っています」

安積は石毛を見た。どんな人でも、取調室に連れてこられたら緊張の色を見せる。中には取り調べを受けるだけで緊張のあまりもどしてしまう人もいる。

だが、石毛は平然としていた。おそらく彼は、警察を舐《な》めているのだ。

速水が言った。

「俺が訊きたいことは一つだけだ」

石毛が面白がっているような顔で速水を見た。やはり、舐めている。

速水が続けて言った。

「篠崎を知っているな?」

石毛の表情は変わらない。

「訊かれたことには、こたえるんだよ」

速水が凄《すご》んだ。なかなか迫力がある。

石毛が言った。

「篠崎がどうしたって？」

「知ってるんだな」

「だったら、何だって言うんだ」

「どこに行ったら会える？」

「知らねえな」

「知らないはずはないだろう。恐喝や傷害も、篠崎に言われてやったんだろう」

「何だよそれ。俺、別に篠崎の手下じゃねえし……」

「最近、このあたりで見かけたというやつがいる」

「へえ……」

「篠崎に言っておけ。交機隊の速水が会いたがっていたってな」

「何言ってんの？」

「そう言えばわかる」

速水は出入り口に向かった。

安積は村雨に言った。

「邪魔して済まなかったな」

「いいえ。ちょうど気分転換したかったところです」

石毛が言った。

「ねえ、もう帰っていい？」

まだ逮捕状が執行されていないから、現在は任意の取り調べだ。だから本来、石毛が帰りたいと言ったら帰さなければならない。

しかし、それを許すほど警察は甘くない。

安積は言った。

「こちらが訊いたことに、ちゃんとこたえないと帰すわけにはいかない。これから逮捕状を請求する。逮捕状を執行したら、二日以内に送検するから、そこで起訴が決まるだろう。しばらく自由にはならない」

「出てった人が、篠崎と連絡を取れって言ってたけど、どうすりゃいいの？」

村雨がこたえた。

「送検前に、電話くらいさせてやるさ」

「じゃあ、あとは頼む」

安積はそう言って取調室を出た。

廊下で速水が待っていた。

安積は言った。

「話を聞きたいと言っていたが、あれだけでよかったのか？」

「ああ」

「交機隊の速水が会いたがっていた……？」

「やつは、それだけで動き出すはずだ。マル走時代にさんざんかわいがってやったからな」

「石毛がおまえの言葉を篠崎に伝えると思うか？」

「伝える。石毛はどんなことでも篠崎の耳に入れたいと考えているはずだ」

「篠崎がこのあたりに姿を見せた目的は何だ？」

「さあな。見つけたら本人に訊いてみるさ」

「石毛はずいぶん自信たっぷりに見えたな」

「強がりもあるだろうが、やっぱり背後に篠崎がいるからじゃないか」

「篠崎が何とかしてくれると思っているのか？　だったらそれは間違いだ。身柄拘束された石毛を、篠崎はどうすることもできない」

速水は肩をすくめた。

「俺たちはわかっているが、それがわからないやつらもいる」

速水は交機隊の分駐所のほうに歩き去った。

安積は強行犯係の席に戻った。椅子に座ったとたん、無線が流れた。

臨海署管内で、また傷害事件だ。居酒屋で怪我人が出たらしい。

その場には、須田、黒木、水野がいた。

安積は三人に言った。

「行ってみよう」

四人はすぐさま出動した。

5

現場は、ビルの中にある『樽駒《たるこま》』という名の居酒屋だった。チェーン店で、安積も何度か利用したことがある。

店員のほとんどが外国人だ。今ではそういう居酒屋は珍しくなくなった。

ビルから円筒形に突き出した部分が出入り口だ。中に入ると、すでに地域課や機動捜査隊が来ていた。

彼らは初動捜査を始めていたが、その中に真島係長ら暴力犯係の姿があった。

真島係長は、安積に気づくと近づいてきた。安積は声をかけた。

「早いな」

「若いのがやる気でな……」

「古賀や前田のことか?」

「ああ。他の係員もあいつらに引っ張られている感じだ」

彼らは、ちとせでの失態の分を何とか取り返そうとしているのではないだろうか。それが勇み足にならなければいいがと安積は思った。

だが、それは言う必要のないことだと思ったので黙っていた。

須田が尋ねた。

「ええと……、怪我人《けがにん》が出たって話ですけど……」

「男が刺された」

安積は聞き返した。

「刺された？」

「そうだ。現場は店の外だ。凶器は包丁。店の厨房《ちゅうぼう》にあったものだ」

「誰《だれ》かが厨房の包丁を持ちだして、犯行に及んだということか？」

「そういうことだ」

「あの……」

須田が言う。「半グレ絡みじゃないでしょうね？　最近、管内でそういう事件が多いでしょう」

真島係長が言った。

「須田。いい勘してるじゃないか。そのとおりだよ」

安積は尋ねた。

「半グレが誰かを包丁で刺したということか？」

真島係長はかぶりを振った。

「刺されたのが半グレなんだ」

「刺したのは？」

「店の従業員だ。従業員というか、バイトらしいが……」

「詳しい経緯を知りたい」

「被害者は病院に搬送された。刺した従業員の身柄はすでに押さえた。捜査車両の中にいる」

「怪我の具合は？」

「命に別状はないらしい。意識もはっきりしている。それほど深い傷じゃない」

「誰か、被疑者に話を聞いているのか？」

「それが、うまく日本語が通じない」

「外国人か……」

「ああ。インドネシア人だ。名前はサントソ。年齢は二十四歳だ。本人は留学生だと言っている」

「それは聞き出せたんだな？」

「バイトやってるんで、日常会話は大丈夫だ。だが、詳しい供述となるとちょっとな……」

「取り調べのためには通訳が必要ということだな」

「ああ。本部の国際犯罪対策課の力を借りるといい」

「そうだな。所轄でインドネシア語の通訳を手配するのは荷が重い」

「それより、被害者のほうだが、うちの若いのが、スナックちとせで暴れたやつらの一人だと証言している」

「間違いないのか？」

「確認を取るが、おそらく間違いない。特徴ある人着《にんちゃく》なんでな。身長が百八十センチ以上と大柄で、金髪だ」

「それについて、何か言いたげだな?」

「サントソはおたくらが連れていくんだろう。だから、被害者のほうは俺《おれ》たちに話を聞かせてくれ」

「病院には誰か同行しているのか?」

「古賀と前田が行っている」

安積はうなずいた。

「初動に関《かか》わってくれたんだ。もちろん話を聞いてくれてかまわない」

「じゃあ、俺はさっそく病院に向かうよ」

「わかった」

真島係長が離れていくと、安積は須田と黒木に言った。

「被疑者の身柄を署に運んでくれ。通訳が到着し次第、取り調べを始める」

「了解しました」

須田と黒木が機捜車のほうに向かった。

「従業員が半グレを包丁で刺した……。いったい、どういう経緯なんでしょう」

「それを詳しく聞き出さなければならない」

「そうですね」

しばらくすると、須田が戻ってきて告げた。

「機捜の人たちが身柄を運んでくれるそうです」

「須田と黒木は署に戻って、留置手続きを取ってくれ」

須田がこたえた。

「わかりました」

須田と黒木が去っていくと、安積は水野と二人で現場に移動した。店の前に血だまりができている。

真島係長が言った犯行現場はここのことだろう。かなり出血したようだ。

地域係が規制線を張り、鑑識係が仕事をしていた。カメラのストロボがひっきりなしに光る。

安積は、その場にいたカメラマンベストの若い男に声をかけた。

「機捜か？」

「そうです。臨海署の安積係長ですね」

「どこかで会ったか？」

「過去に何度か……。まあ、すれ違った程度ですが……」

「それは失礼した。名前は？」

「第一機動捜査隊、浜本圭太《はまもとけいた》巡査長です」

「覚えておこう」

「噂《うわさ》の安積係長にそう言っていただけるのは光栄です」

「噂？　ろくな噂じゃないだろう」

「いえ、とてもいい噂です」

「男が刺されたということだが、その経緯を教えてくれ」

「男は女性従業員と何か揉《も》めていたという証言があります。そこに被疑者の男性従業員がやってきて刺したということです」

「女性従業員と揉めていた？」

「はい」

「その女性従業員は？」

「所在がつかめておりません。今、探しています」

「店にいないのか？」

「現場から走り去ったということです」

「何を揉めていたのか、知っている者はいないのか？」

「他の従業員や、当時店にいた客に話を聞きましたが、そのとき、女性従業員は一人で外でビラ配りをしていたらしく、状況を知っている者はまだ見つかっていません」

安積の隣で話を聞いていた水野が言った。

「その女性従業員が見つかれば、何があったのかわかりますね」

安積はうなずいて言った。

「その従業員の名前は？」

「マルティニです」

「フルネームはわかるか？」

「これでフルネームだそうです。インドネシア人で、苗字《みようじ》はないんだとか……」

「インドネシア人……。被疑者と同じだな」

「ええ、そうですね」

浜本が言った。「この店には何人かいるようです」

「店の責任者に話を訊《き》けるか？」

「今、呼んできます」

浜本は店の中に消えていった。しばらくすると彼は、店名の入ったエプロン姿の男を連れて戻った。

「店長さんです。お名前は石渡亭《いしわたりとおる》さん」

安積は官姓名を名乗ってから尋ねた。

「サントソさんとマルティニさんは、こちらの従業員で間違いないですね？」

石渡の表情は険しい。自分の店で刃傷沙汰《にんじょうざた》だ。当然だと安積は思った。

「ええ、うちで働いています」

「アルバイトですか？」

「二人ともバイトですが、正規雇用と同じくらい出勤しています」

「彼らの関係は？」

「同じ国から来たんで、仲がよかったですけど、プライベートのことはよく知りません」

「交際していたわけではないということですね？」

「兄と妹のような関係じゃないかと思います。もっとも本人たちがどう思っていたかは知りませんよ」

「サントソさんが、マルティニさんと話をしていた男性を刺したということのようですが、何があったかご存じありませんか？」

「厨房から包丁を持ちだしたと聞きました。知っているのはそれだけです。刺したところを見たわけじゃありません」

「事件当時、あなたはどこにいらっしゃいましたか？」

「人が刺されたと騒ぎになったときは、厨房にいました。サントソが包丁を持っていったと報告を受けたので、様子を見にいきました」

「そのとき、サントソさんはすでに外にいたわけですね？」

「そういうことになりますね」

「マルティニさんの姿が見えないということですが……」

「ええ。店に戻らず、どこかに逃げたようです」

「逃げた……？」

「はい。目の前で人が刺されたんです。しかも、刺したのが仲のいいサントソだ。パニックになって逃げ出したのでしょう」

安積はその言葉に違和感を覚えた。水野を見ると、彼女も納得していない様子だ。

水野が言った。

「衝撃を受けたとき、人は本能的に安全なところに逃げます。この場合、お店の中が一番安心できる場所だったと思うのですが……」

石渡は肩をすくめた。

「なぜ逃げたのかは、マルティニに訊いてください」

「行き先に心当たりはありませんか？」

「それ、何度も訊かれましたけどね、どこに行ったかなんてわかりませんよ」

安積は尋ねた。

「彼女と親しい人をご存じありませんか？」

「さあ……。一番親しかったのは、サントソじゃないのかなあ。他に親しい人がいるとしても、この店の仲間でしょう」

「ならばますます、この店に逃げ込まず、逃走したというのは、不自然だと思えますね」

「不自然だろうが何だろうが、事実マルティニはどこかに行ってしまった……。理由は私にはわかりません」

とにかく、マルティニを見つけて保護しなければならない。

「わかりました」

安積は、礼を言ってから石渡と浜本のもとを離れた。

「署に戻って、サントソの様子を見よう」

安積が言うと水野がこたえた。

「国際犯罪対策課への連絡はどうします？」

「課長に頼もう」

「わかりました」

　安積と水野は東京湾臨海署に向かった。


　署に戻ったのは、午後九時半頃《ごろ》のことだ。

　榊原課長に声をかけられて、安積は驚いた。もうとっくに帰ったものと思っていたのだ。

　安積は課長席に近づいた。

「被疑者はもう確保したようだね」

「はい。留置していると思いますが、外国人なので、通訳が必要です。国際犯罪対策課に話を通していただけませんか」

「わかった。すぐにやっておく。被疑者はどこの国の出身だ？」

「インドネシアです」

「了解だ。……で、被害者は病院か？」

「はい。そちらには真島係長たちが行っています」

「真島？　何で暴対係が……」

「被害者が半グレで、どうやらスナックちとせで暴れた三人組の一人らしいんです」

「何だって？　スナックちとせの件とつながりがあるのか？」

「最近、管内で半グレによる傷害や暴行事件が続けざまに起きています」

「それらの事案が関連していると……?」

「要注意の元マル走の姿を、最近管内で見かけたという情報がありました」

「その元マル走が、すべての事件に絡んでいるということか?」

「俺はそう考えています」

「その元マル走だが、どこからの情報だ?」

「速水です」

「だったら間違いない。じゃあ、その元マル走を挙げなけりゃならないな」

「そのつもりです」

「わかった。引き続き頼む」

「はい」

課長席を離れ、強行犯係の席に戻った。村雨と桜井が戻っていた。水野も席にいる。

「須田と黒木は?」

安積が尋ねると、村雨がこたえた。

「留置場です。被疑者と話をしているようです」

「取調室じゃなくて留置場なのか?」

「ええ。取り調べは通訳が来てからやるので、それまで世間話でもしていると、須田が……」

被疑者と世間話か。須田らしいと、安積は思った。被疑者との人間関係構築は、刑事の重要な仕事の一つだ。それがちゃんとできる刑事はなかなかいない。

「様子を見にいってみるか……」

安積は席を立った。「通訳が手配できたら、知らせてくれ」

村雨が「了解しました」と言った。


臨海署の留置場は広い。新しい警察署だけあって、施設の環境もいい。だから、芸能人などの有名人が逮捕されると、ここに運ばれることが多い。

また、署の玄関前に広いスペースがあり、報道各社が陣取れるのも、臨海署が選ばれる理由だと聞いたことがある。

須田と黒木は、係員の詰所にいた。そこで、サントソから話を聞いているのだった。茶を飲みながらの世間話だ。

警察官は被疑者を甘やかさない。相手が反社だったり常習犯の場合は、徹底的に責める。だが、そうでない場合は、信頼関係を築くことに尽力する。ぞんざいに扱うと人権問題になりかねない。有罪が確定するまで、被疑者は法的には「推定無罪」なのだ。

とはいえ、被疑者を留置場から出して詰所で茶飲み話をする刑事はあまりいない。

「あ、係長」

須田が安積を見て、いたずらを見つけられた小学生のような顔をした。

安積は、その場にいた留置係に尋ねた。

「被疑者とここで茶を飲んだりするのは、法には触れないのか？」

「はあ……。別に規則には違反していないと思いますが……」

「それなら、どこで話を聞こうがかまわない。それで、何か話してくれたか？」

須田がこたえた。

「名前、年齢、住所、その他基本的なことは聞き出しました。二年前から日本に来ていて、樽駒では一年くらい働いていると言っています」

「インドネシア人は、苗字を持たない人が多いと聞いたが、サントソさんもそうなのか？」

「ええ。そのようです。どうしても姓が必要な場合は、お父さんの名前を苗字の代わりに使うんだそうです」

安積は、サントソに向かって言った。

「今我々は、マルティニさんを探しています」

マルティニという言葉に、サントソは即座に反応した。

「マルティニ、どうしました？」

「事件の現場からどこかに逃げたようです。よほど怖かったのでしょう」

「マルティニ、どこにいますか？」

「まだ見つかっていません。どこか、マルティニさんが立ち寄りそうな場所に心当たりはありませんか？」

サントソは、安積の言葉を理解できていない様子だった。心配そうな顔で安積を見つめるだけだ。

安積は須田に言った。

「通訳が来てから改めて話をしたほうがいいな」

「ええと……。そのマルティニって、誰ですか？」

「店の従業員だ」

安積は、機捜の浜本や店長の石渡から聞いた話を伝えた。

「同じインドネシア人ですか……」

「彼女が、事件の経緯を詳しく知っているはずだ」

須田がサントソに尋ねた。

「マルティニって、ガールフレンドなのか？」

「ノット・ア・ガールフレンド。ジャスト・ア・フレンド」

「でも、同じ国の友達だ。大切な友達なんだろう」

サントソは何度もうなずいた。なぜか、須田の日本語は通じるらしい。

安積は須田に尋ねた。

「どうして男を刺したのか、話してくれたか？」

「まだ事件の話はしていません。ひどく興奮していましたので、まずは落ち着いてもらうのが先決だと思いまして……」

安積はうなずいた。

「それは正解だ。今は、落ち着いているということだな?」

「ご覧のとおりです。でも、マルティニの名前を聞いて、またちょっと興奮してきたようですね」

「じゃあまた、しばらく世間話をしてくれ」

「わかりました」

そのとき、安積の携帯電話が振動した。村雨からだった。

「どうした?」

「通訳の手配ができたということです。三十分後に到着します」

「早かったな」

「国際犯罪対策課でも、ラッキーだったと言ってるようです」

「わかった。三十分後に被疑者を取調室に移す」

「了解しました。取調室を押さえておきます」

電話を切ると、安積は言った。

「通訳が来る。村雨が取調室を用意するから、三十分後に来てくれ」

「はい」

須田が言った。「それまでここで話をしています」

6

強行犯係に戻ると、真島係長がいて、水野と何やら話をしていた。

「真島係長。病院のほうはどうだった？」

「今、水野と話してたところだ。金髪の名前は、柿田《かきた》義雄《よしお》。年齢三十三歳。スナックちとせの件、認めたよ。傷害、器物損壊、公務執行妨害。それで逮捕状を取れるだろう」

「篠崎との関係は？」

「そいつは吐かないな。篠崎なんてやつは知らないと言い張っている」

「逮捕状の執行と送検をぎりぎりまで引っ張るから、その間、引き続き話を聞いてくれ」

「そいつはありがたいな」

席を外していた村雨が戻ってきて、安積に告げた。

「被疑者が取調室に移りました」

取調室のサントソはおとなしかった。落ち着いているというより、覚悟を決めたというか、何かを諦《あきら》めたような雰囲気だった。

異国の地にやってきて、大きなトラブルに巻き込まれた。もう助けなど来ない。そう思い、自《や》棄《け》になっているのかもしれない。

通訳と話すことで、少しは安心するかもしれない。言葉が通じないという不安から救われるからだ。

須田と黒木に質問を続けさせることにした。須田がスチールデスクを挟んでサントソの向かい側に座る。黒木は記録席だ。

安積は出入り口の近くに立っていた。

須田が尋ねた。

「店の外で、男を刺したことは間違いないね？」

それを通訳がインドネシア語でサントソに伝える。

サントソはうなずいた。

須田が言った。

「記録を取るので、うなずくだけじゃなくて、言葉でこたえてくれないか」

通訳がそれを伝えると、サントソはインドネシア語でこたえた。通訳がそれを日本語にする。

「はい。私がやりました」

「どうしてそうなったのか、理由を教えてもらえるかな」

通訳の言葉を聞くと、サントソは須田と通訳を交互に見つめて、堰《せき》を切ったように話しだした。

その急変に、安積は驚いた。おそらく、これまで話が通じず、もどかしい思いをしていたのだろう。

通訳がその言葉を伝える。

「男が、マルティニにとても失礼なことをしていました。マルティニは激しく抵抗をしていました。そして、男がマルティニを連れ去ろうとしたので、私は無我夢中で店を飛び出しました。気がついたら、男をナイフで刺していました」

通訳の表現は控えめなのだろうと思い、安積は尋ねた。

「とても失礼なことというのは、不同意わいせつ罪のようなことですか?」

通訳はこたえた。

「そうです」

「ナイフと訳されたのは、厨房にあった包丁のことですね?」

通訳はサントソに確認してからこたえた。

「はい。包丁のことです」

須田が質問を続けた。

「男がマルティニに失礼なことをしたのはわかるけど、包丁で刺すというのはやり過ぎじゃないかなあ……」

通訳を通して、サントソがこたえた。

「初めてじゃないんです」

「初めてじゃない? それはどういうこと?」

サントソの言葉を通訳が日本語にする。

「あの男は、以前に客として店に来たことがあります。そのときに、しつこくマルティニに絡んでいました」

　安積は言った。

「柿田は、マルティニさんに眼《め》を付けていたということですか？」

　須田と通訳が同時に聞き返した。

「柿田……？」

　安積はこたえた。

「被害者の名前だ。柿田義雄」

　通訳が安積の質問を伝えると、サントソはうなずいてこたえた。

「そうです。彼はマルティニを狙《ねら》っていました。私はマルティニを守らなければなりませんでした」

　サントソの必死の口調と、通訳の淡々とした訳にはギャップがあるが、充分に事情は理解できる。

　須田はさらに質問した。

「あらかじめ凶器を用意していたわけじゃないんだね？」

「違います。咄嗟《とっさ》に持ち出したのです」

「マルティニは、その場から走り去ったんだね？」

「わかりません。気がついたらいなくなっていました。その後、私は店の同僚に取り押さえられ、そして警察に引き渡されました」

須田が安積を見た。

安積は尋ねた。

「マルティニさんはどうして逃げたのでしょう」

通訳を通してサントソがこたえる。

「わかりません。男が怖かったのだろうし、私がやったことが恐ろしかったのだと思います」

「先ほどと同じ質問をしますが、マルティニさんが立ち寄りそうな場所に心当たりはありませんか?」

サントソはしばらく考えていたが、やがてこたえた。

「彼女は自宅に帰ろうとするんじゃないかと思います」

「自宅の住所は?」

サントソがこたえ、通訳が日本語にすると、記録席の黒木が警電の受話器に手を伸ばした。

取り調べを終えて、留置場に戻すように係員に指示をすると、サントソが言った。

「マルティニ、探します」

その言葉を何度か繰り返した。

安積は通訳に言った。

「気持ちはわかるが、拘束を解くことはできない。あとは、我々が引き受ける。そう伝えてください」

通訳がそれを翻訳しても、サントソは治まらない様子だった。

安積はさらに言った。

「我々を信じてください」

サントソはその日本語を理解した様子だった。

サントソと留置係を見送り、強行犯係へ戻ろうとすると、黒木が通訳と何事か話をしている。

安積は黒木に尋ねた。

「何の話をしていたんだ？」

「連絡先を訊いていいました。緊急時にも連絡が取れるように……。それと、時間が許すなら、マルティニが見つかるまで署にいてほしいと要請しました」

「それで？」

「残ってくれるそうです」

「それはありがたいな」

安積は、須田・黒木、そして通訳を連れて強行犯係に戻った。午後十時半になろうとしていた。

すでに課長の姿はないが、係の全員が残っていた。

隣の島の相楽班の連中もまだ帰らない。働き方改革というのは、いったい何の冗談だったのだろうと、安積は思う。

須田が安積に尋ねた。

「サントソの送致書ですが、意見はどうしますか？」

被疑者を送検するための送致書には、「犯罪の事実及び情状等に関する意見」というのを付記する。

意見は四種類ある。まずは「厳重処分」。これは警察として是非とも起訴してほしい場合だ。次に「相当処分」。起訴、不起訴、どちらでもよいと考える場合に、これを書き添える。その次が「寛大処分」。起訴猶予にしてやってほしいという場合だ。そして、「しかるべき処分」。これは、起訴できない、あるいはしないでほしい場合だ。

須田が質問した意図はわかる。サントソに同情して、「しかるべき処分」の意見を付けたいと考えているのだ。

警察官はできるだけ被疑者や被害者に感情移入しないように努める。だが、須田は平気でそれをする。

よくメンタルをやられないものだと感心する。

安積は言った。

「明日、課長と相談するが、『しかるべき処分』でいいだろう」

須田がうれしそうな顔になる。

「じゃあ、それで作成します」

実は安積も同じことを考えていた。サントソの証言は、裏を取る必要があるが、本当ならば充分に情状を酌む余地がある。

法律は公平に遵守されなければならないが、人が人を裁くのだから、そこには情けも必要だと、安積は思った。

午後十一時を過ぎた頃、マルティニを発見したという知らせが入った。

地域係がマルティニの自宅付近を捜索していたところ、歩いている彼女を見つけたのだという。

身柄を臨海署に運ぶという。安積は水野に言った。

「保護室の用意をしてくれ」

保護室は、酒に酔った者などを収容するため、別名「トラ箱」と呼ばれる。留置場は「ブタ箱」だ。

マルティニの身柄が届いたのは、それから十五分ほど経《た》った頃だった。

小柄なマルティニは、ひどく怯《おび》えた様子だった。柿田から嫌な思いをさせられ、親しいサントソがその柿田を刺すという恐ろしい光景を見た。そして、警察に連行されたのだから無理もない。

取調室は窓もなく狭いので、圧迫感があり、彼女の心理状態を悪くする恐れがある。安積は、部屋の隅にある応接セットに連れていき、ソファに座らせた。

水野がその隣に腰を下ろす。テーブルを挟んで向かい側に安積と通訳が並んで座った。

「あなたは逮捕されたわけではないので、何も心配することはありません」

安積はまず、そう告げた。通訳がそれを訳したが、マルティニの不安げな表情は変わらなかった。

安積は質問を始めた。

「サントソが柿田を刺したところを見ましたね？」

通訳がそれを伝えると、マルティニは無言でうなずいた。

水野が記録を取っているので、安積は先ほど須田がサントソに言ったのと同様に、声に出してこたえるように促した。

「見ました」

マルティニは日本語でこたえた。どちらかというと彼女のほうが、サントソよりも日本語がうまそうだ。

通訳を介しての会話が始まった。

「何があったのか、話してもらえますか？」

「あの人は、私をどこかに連れていこうとしました。私は必死に抵抗しました。あの人は怖い人でした」

「あの人というのは、刺された人のことですね？」

「そうです」

「前に店で会ったそうですね？」

「店の客でした。何度も声をかけられました。客には丁寧に接しなさいと店長に言われていましたから、我慢しました」

「そのときは、何もされなかったのですか？」

「店長が、ホールから外してくれました」

「接客しない仕事に回してくれたということですね？」

「そうです」

「その人とまた会ったのですね？」

「外でビラ配りをしていると、近づいてきました。そして私の腕をつかんで、どこかに連れていこうとしました」

「それから……？」

「サントソが店から出てきました。私は助けてと言いました。サントソは真《ま》っ直《す》ぐにあの人にぶつかっていきました。すると、包丁があの人のお腹《なか》に刺さっていました」

「それで、あなたはどうしたのです？」

「サントソが逃げろと言いました。私はとにかくそこにいてはいけないと思い、駆け出しました。家に帰って部屋に閉じこもっていましたが、だんだんと不安になりました。サントソに電話しても出ないので、すごく心配になり、様子を見ようと外に出たところで、警察官に声をかけられました」

サントソの証言の裏は取れた。

安積は言った。

「今日は警察に泊まっていってください」

すると、マルティニは不安そうに言った。

「私は捕まるのですか？」

安積はかぶりを振った。

「違います。心配なのであなたを保護するのです。明日になったら帰れます」

その言葉を通訳が伝えると、マルティニの緊張が解けた。

「サントソに会えますか?」

「今はまだ会えません。会えるようになったら、必ず連絡します」

マルティニが悲しそうな顔になったが、逮捕前のサントソに会わせるわけにはいかなかった。

安積は水野に言った。

「保護室に案内してくれ」

「わかりました」

通訳にも付き合ってもらうことにした。

三人が保護室に向かうと、安積は席に戻り、須田に言った。

「サントソに、マルティニを見つけたと伝えてやれ。彼女は無事で、警察で保護していると
……」

「会いたがるでしょうね」

「それはだめだ」

「ええ、そうですね」

須田はマルティニと同じような悲しそうな顔をして立ち上がった。

すると、黒木が言った。

「自分が留置場に行ってきます」

須田がこたえた。

「いや、いいよ。俺が行く」

そして、付け加えるように言った。「サントソと話がしたいんだ」

黒木は安積に言った。

「自分もいっしょに行ってよろしいでしょうか?」

「かまわない。だが……」

安積は言った。「長居はせずに、寮に帰れ。俺たちも引きあげる」

須田が「わかりました」と言った。


翌日の朝一番に、課長と送致書の意見について話し合った。

「『しかるべき処分』ね……」

榊原課長が言う。「そんな意見を付けたからといって、起訴猶予にはならんぞ。包丁で刺したことは事実なんだ」

「わかっています。しかし、初犯ですし情状酌量の余地もあります。せめて執行猶予がつけば……」

「検事次第だな。だが、まあ執行猶予はあり得るな。意見についてはそれでいいだろう」

「了解しました」

課長席を離れようとすると、呼び止められた。

安積が立ち止まり、振り返ると榊原課長は言った。

「女の子はまだトラ箱にいるのか？」

マルティニのことだろう。

「はい」

「二人を会わせてやれ」

「サントソとマルティニをですか？」

「そうだ」

「ありがとうございます」

「君が礼を言うことはないだろう」

しかめ面になった。照れ隠しだろう。

席に戻り、それを須田に伝えると、自分のことのようにうれしそうな顔になった。須田はよたよたと立ち上がり、彼にしては素速い足取りで保護室に向かった。

そこに真島係長がやってきた。

「今朝も病院に行って、柿田の取り調べの続きをやった」

「何か問題がありそうな顔をしているな」

「あいつ、サントソとマルティニに相当に腹を立てている」

「元はと言えば柿田がマルティニにちょっかいを出したんだ」

「それを認めるようなやつじゃないよ。一度腹を立てたら理屈なんぞ吹っ飛ぶ。そういう連中なんだよ」

「それは、サントソとマルティニが危険だということか？」

二人のやり取りを聞いていた村雨が言った。

「でも、サントソは逮捕・送検されるんです。柿田は病院にいるんだし、やつもスナックちとせの件でいずれ逮捕でしょう」

真島係長が村雨に言った。

「柿田は仲間に連絡するだろう。そして、サントソは勾留《こうりゅう》されるが、マルティニは普通の暮らしに戻る」

「つまり」

村雨が言った。「マルティニの身が危険だということですか？」

安積と真島係長は顔を見合わせた。

7

真島係長が言った。

「うちの若いのを、マルティニに張り付けようと思う」

「古賀と前田のことか？　古賀は殴られて目のまわりが真っ黒だし、前田はあばらにひびが入っているんだろう？」

「心配ない。そんなものは屁《へ》でもねえ。古賀と前田だけで心配なら、他の係員も動員する。俺《おれ》も出張るよ」

「暴力犯係だけに任せてはおけないな」

「おい、俺たちが頼りにならないって言いたいのか？」

「そうじゃない。スナックちとせの件は、俺たち強行犯係の事案でもある。つまり、柿田絡みのことなら、俺たちと手分けすればいいってことだ」

「そりゃ、安積班が手を貸してくれれば助かるが、そっちはそっちで忙しいんだろう？」

「手を出すななんて言われたら、須田が黙っていない」

「須田が……？」

「サントソとマルティニの面倒を見たがっているようだ」

「たまげたな。また感情移入しているのか。まったく、あんな強行犯刑事は初めて見たぞ」

「だからいいんだよ」

「だからいい？」

「普通の刑事とは違う着眼点がある。捜査では大切なことだ」

「何だか知らんが、手を貸してくれるというのに断ることはないな」

「相楽にも話をしよう」

「相楽か……。あいつ、面倒臭くないか？　捜査一課時代のことを鼻にかけているようなところがある」

「あいつは変わったんだ」

「変わった？」

「最近、肩の力が抜けてきた。すると、あいつ本来の良さが見えてきた」

「安積係長よ。あんた人がよすぎるんじゃないか」

「そうは思わないがな……」


午前十時半頃《ごろ》、相楽が席に戻ってきたので、安積は声をかけた。

「取り調べは終わったのか？」

「一休みです。たぶん、じきに落ちます」

「樽駒の件なんだが……」

「外国人従業員が、半グレを刺した件ですね？」

「そうだ」

高野の取り調べをしつつ、他の事件の情報もちゃんと耳にしている。さすがは相楽だと、安積は思った。

安積は、サントソとマルティニの関係や、柿田との関《かか》わりを説明した。

話を聞き終えると相楽は言った。

「了解しました。うちの班もまんざら関係がないわけじゃないですから」

「関係がないわけじゃない？」

「ええ。半グレたちの背後に、篠崎恭司がいるんでしょう？」

「確証はないが、俺はそう思っている」

「俺もそう思います」

安積は、暴力犯係の島から真島係長を呼んできた。安積の席の近くに、キャスター付きの椅子《いす》を持ってきて相楽と真島係長を座らせ、三者で打ち合わせを始めた。

それぞれの係から、手の空いている者を出し、さらに地域課の協力を得て、マルティニから目を離さないような態勢を組んだ。

真島係長が言った。

「うちの古賀と前田は、やる気まんまんだ」

安積は釘《くぎ》を刺した。

「柿田の仲間が姿を見せる可能性が高い。つまり、スナックちとせで、古賀と前田に暴力を振るったやつらだ。だから……」

真島係長が、安積を遮って言った。

「わかってる。意趣返しとかばかな真似《まね》はさせない。やつらだってわかってるさ」

安積はうなずいた。余計な一言だったかもしれないと思った。

相楽が言った。

「じゃあ、俺は高野の取り調べに戻ります。マルティニ対策に出す人員については、荒川《あらかわ》に訊《き》いてください」

荒川は相楽班のベテランだ。

安積は言った。

「了解した」

真島係長が相楽に言った。

「落としたあとでいいから、被疑者に話を聞かせてもらえないか」

「半グレ情報が欲しいんですね？　了解です」

相楽は取調室に向かった。


午前十一時になると、柿田の逮捕状が届いたので、須田と安積が病院に行ってそれを執行した。

真島係長、古賀、前田も同行していた。

ベッドに横たわった柿田は仏頂面だった。

真島係長が言った。

「俺たちに、さんざん舐《な》めた口をきいていたが、これが年貢の納め時ってやつだな」

柿田は何も言わなかった。おそらくこれまで警察と追いかけっこなどをしたことはあるが、逮捕されたのは初めてなのだろう。

マル走だったとしたら、彼らが知っている警察官は交通課だ。交通警察の中には速水のようなごついやつもいるが、それでも強行犯や暴力犯担当の刑事とは違う。

彼は、ようやく自分が置かれている立場を理解したのだ。マル走時代のように、一晩留置されて放免というわけにはいかない。

安積は、柿田に言った。

「これからおまえは検察に送られる。そこでまた検事による取り調べがあり、必要なら我々警察も追加の調べをやる。起訴するかどうかを決めるための調べだから、甘くないぞ。覚悟するんだな」

柿田の顔色が悪い。傷のせいばかりではあるまい。彼はすっかりびびっているのだ。

それを見る古賀と前田は、勝ち誇ったような表情だ。

安積は、真島係長に言った。

「送検までにまだ四十八時間あるから、その間、たっぷり絞ってやるんだな」

「了解だ」

それを聞いた柿田は、うんざりした顔になった。

真島係長が柿田に言った。

「さっそく、質問をしよう。いいか。安積係長の心証がよければ、送検のときにおまえに有利な意見を付けてくれる。だから、協力的な態度を取ることは損にはならない」

「なんだよ……」

それまで怯《おび》え、緊張していた柿田の眼《め》に狡猾《こうかつ》そうな光が宿る。「それって、取引ってことか?」

「取引じゃない。質問しろよ」

「じゃあ、質問しろよ。交渉だよ」

「すでに何度か訊いたことだ。篠崎恭司を知っているな?」

「知らねえって言ってんだろう」

「わかってないな」

「何がだよ」

「送検・起訴されるってことがだ。本当のことを言わないと、どんどん立場が悪くなる」

「ふざけんなよ。俺、被害者だぜ。刺されたんだ。まったく、あのインドネシア人たち、頭に来る」

「言っておくが、彼らに手を出したら、徹底的に後悔させてやるぞ」

「俺、逮捕されたんだろう? どうやって手を出すんだよ」

こいつはすでに、誰《だれ》かと連絡を取っているはずだと、安積は思った。おそらく、いっしょにスナックちとせを襲撃した二人だろう。

真島係長はそれを牽制《けんせい》しているのだ。

「もう一度訊く」

真島係長が言った。「篠崎恭司を知っているな?」

「しつこいな……。そいつが何だって言うんだ」

「本当にわかってねえな。おまえは、スナックちとせの件で逮捕された。今のままだと、傷害、器物損壊、公務執行妨害だ。その後、反省している様子も見られない。こんなんじゃ、安積係長は『厳重処分』の意見を付けざるを得ない。つまり、間違いなく起訴されることになるだろう。そしてけっこうな量刑になる。だがな、もしもの話だが、篠崎恭司か誰かに命じられてスナックちとせを襲撃したとなれば、多少は罪が軽くなるかもしれない」

柿田は真島係長を睨《にら》んだ。今までは嘲《あざけ》るような表情だったが、急に真剣な顔つきになった。

「俺が誰かを売るとでも思っているのかよ」

「売るとかチクるとかいう話じゃない。本当のことを話せと言ってるんだ」

柿田は眼をそらした。どこか追い詰められたような表情だ。

安積は言った。

「俺たちよりも、篠崎のほうが恐ろしいようだな」

柿田は、さっと安積のほうを見た。その動きが素速い。過剰反応のように感じられた。

安積はさらに言った。

「だが、それは間違いだ。おまえはこれから、警察や検察がどれくらい恐ろしいかを、嫌というほど思い知ることになる」

柿田はふんと鼻で笑った。だが、依然として顔色は悪く、額に脂汗すら浮いている。

「俺のこと、わかってねえとか言ったけどよ。わかってねえのは、おまえらだよ」

安積は尋ねた。

「俺たちが何をわかっていないと言うんだ?」

柿田は、そっぽを向いた。

真島係長が言った。

「教えてくれよ。おまえは何をびびってるんだ?」

「警察や検察が恐ろしいだって? 笑わせるな。おまえら、篠崎さんの恐ろしさを知らないからそんなことが言えるんだ」

「やはり篠崎を知ってるんじゃねえか」

真島係長が言う。「篠崎は、お台場や有明のあたりで、いったい何をやろうとしているんだ?」

「篠崎さんに訊けばいいだろう」

「おまえがそう言ってたって、篠崎を見つけたら言ってやろう」

柿田が真島係長を睨んだ。

「ふん。篠崎さんは、おまえら警察と話なんかしねえよ」

「スナックちとせの件は、篠崎に命じられたんだな」

「俺は誰の命令も聞かねえって言ってるだろう」

安積は、時計を見た。午前十一時半になろうとしている。逮捕状執行からほぼ三十分経《た》ったことになる。

「じゃあ、我々は引きあげる」

安積は真島係長に言った。「話を聞きたければ続けてくれ」

須田と二人で病室を出た。

すると、廊下まで真島係長が追ってきた。

「やっぱり、柿田は篠崎のことを知っていたな」

「真島係長、俺がいるのでわざわざ篠崎のことを訊いてくれたんだな」

「いやあ、さっきも言ったけどね、何度か質問しているんだ」

「篠崎を教唆犯《きょうさはん》とするのは、まだ難しいな」

「ああ。証拠や証言がない」

「でも、柿田と篠崎の関係がわかっただけでもめっけもんだ」

「柿田はすっかり怯えていたな。篠崎はそれくらいにヤバいやつだということだ」

「そのようだな」

「じゃあ、送検まで、柿田からの情報収集を続けさせてもらうよ」

「ああ」

安積と須田は病院を出て、署に向かった。

その日の午後二時頃、相楽が取調室から戻ってきて告げた。

「高野が認めました」

安積は聞き返した。

「自供したのか？」

「はい。二件の傷害事件について、自分らがやったと……」

「経緯は？」

「二件とも恐喝目的だったようです」

「恐喝は未遂だったんだな？」

「未遂でした」

「篠崎との関係は？」

「それが自供の決め手でしたよ」

「教唆を認めたということか？」

「ええ。篠崎に言われてやったと言っています。誰かに言われてやったんなら、罪も軽くなると言ったら、吐きました。計算高いやつです」

「二件ともか？」

「はい。……というか、そもそもお台場にやってきたのは、篠崎に言われたかららしいです」

安積は眉《まゆ》をひそめた。

「篠崎に言われてお台場にやってきた……？　なぜだ？」

「理由は、高野も知らないようです。とにかく、お台場や有明のあたりで、カツアゲでもやれって言われたらしいです」

「篠崎の目的は何だろうな……」

「勢力拡大じゃないでしょうかね」

「勢力拡大……？」

「あるいは、存在の誇示。篠崎はしばらくどこかに姿をくらましていて、最近このあたりに戻ってきたんでしょう？」

「そうらしいな」

「だから、俺は戻ってきたぞと自分の存在を、周囲にアピールしているんじゃないですか」

「ふん。犬がションベンして縄張りを主張するようなもんか」

そう言ったのは、真島係長だった。いつの間にか、安積たちのそばにやってきていた。

相楽が真島係長に言った。

「まさにそれ。縄張りの主張ですよ」

「俺の縄張りだ。ふざけた真似しやがって……」

安積は言った。

「どうしてお台場や有明で、勢力を誇示しようなんて思ったんだろう……」

「どうして？」

真島係長が聞き返したので、安積は言った。

「なんだか、唐突な気がするんだ」

「何が唐突だ？」

「急に暴力犯絡みの事案が増えた。それは篠崎のせいらしいが、だとしたら、そのきっかけは何なんだろうと思ってな」

「きっかけ？　だからそれは篠崎が戻ってきたことだろう」

「どうして戻ってきたんだろう。そのきっかけがあったんじゃないか」

真島係長と相楽は顔を見合わせた。

相楽が言った。

「高野の調べじゃ、そこまではわかりませんでしたね」

安積は相楽に言った。

「もちろん、二件の傷害について自供を引き出しただけで立派なもんだ。俺は調べが足りないと言っているわけじゃない」

「ええ、わかってます。篠崎の思惑が気になるんでしょう」

「村雨たちが、石毛の取り調べを続けている。高野が吐いたことを知らせれば、石毛も自供するかもしれない」

「もう知らせてありますよ」

安積はうなずいた。

相楽が尋ねた。

「石毛が自供したら、高野とともに送検しますが、いいですね？」

「ああ。任せる」

「了解です」

相楽が自分の席に戻っていった。

真島係長が安積に言った。

「マルティニには、最低でも二人、常に張り付いているから安心してくれ」

安積班からは、水野と須田をローテーションに組み込むことにしている。

「その件も気になるが、元を絶たないとな……」

「篠崎のことだな。俺たち暴力犯係でも当たってみる」

安積がうなずくと、真島係長も自席へと去っていった。


村雨がやってきて、「石毛が自供した」と告げたのは、それからしばらくしてからのことだった。

安積は村雨に尋ねた。

「石毛と篠崎の関係は？」

「石毛は否定していますが、篠崎に指示されていたことは明らかですね」

「物証は？」

「ありません。ですが、石毛は篠崎を恐れているようですから」

「病院にいる柿田も篠崎を恐れている様子だった」

「札付きらしいですからね」

「相楽は、篠崎が存在を誇示しているんだろうと言っていた。真島係長は、犬が縄張りを主張するようなものだと言った」

「ああ。ヤクザとか半グレとか、反社の連中はそういうものですよね」

「篠崎がどうしてお台場あたりに戻ってきたのかが気になる」

「ああいうやつは、いろいろなところを流れ歩くんじゃないですか?」

安積はしばらく考えてから言った。

「そうかもしれないな」

「送検は、相楽班に任せていいんですね?」

「そうしてくれ」

「じゃあ、課長にそう言っておきます」

「ごくろうだった」

安積は言った。

「いやあ。今回は相楽係長のお手柄ですよ」

そうか。一言褒めてやるべきだったな。安積はそう思った。

8

その日の午後五時半頃、交機隊の制服を着た二人組が近づいてくるのに気づいた。安積は言った。

「どうかしたのか？」

「ヘッドを見ませんでしたか？」

「ヘッド？　速水小隊長のことか？」

「ええ」

「速水がどうした」

「どうやら、私服で出かけたようなのですが……」

「私服で出かけた？　帰ったんじゃないのか？　もう終業時間だ」

片方の隊員が言った。

「……だといいんですが……」

その物言いが気になった。

「何か気がかりなことがあるのか？」

「ちょっと、様子が変だったもので……」

「どう変だったんだ？」

「いやあ、具体的には言えないんですが……」

二人は顔を見合わせてうなずきあった。二人とも速水の様子が普通でなかったと感じているらしい。

安積は言った。

「君らの勤務は?」

「日勤ですので、終了です」

「気になるんなら、引き続き探してくれ。俺も連絡を取ってみる」

「はい。そのつもりです。失礼しました」

二人は礼をしてから、去っていった。

安積は、携帯電話で速水にかけてみた。

呼び出し音は鳴るが、速水は出ない。警察官、それも小隊長・係長クラスが電話に出ないのは妙だ。

安積は電話を切った。

多少気にはなるが、速水のことだ。心配などする必要はない。

そう思い、仕事に戻った。

午後七時を過ぎ、マルティニ警護のローテーションに入っている水野と連絡を取ろうとしたとき、警電が鳴った。

「強行犯、安積だ」

「あ、交通機動隊の岡本《おかもと》と申します。先ほど、お訪ねいたしました……」

「どうした？」

「ヘッドが……、速水小隊長が、救急搬送されました」

「何だって……」

驚きのあまり、しばし言葉が出てこない。「事故か？」

「いえ。何者かに暴力を振るわれたようです」

「速水が襲撃されたということか？」

「詳しい事情は、まだわかっていません。我々は搬送された病院に向かいます」

「それで、速水の容態は？」

「それもまだ不明です」

安積は、病院の名前を聞いて電話を切った。管内で事件や事故があったときによく救急搬送される病院だ。

まだ村雨、桜井、黒木が残っていた。彼らは電話を受けた安積の様子が普通でないことに気づいたようだ。

村雨が尋ねた。

「何かありましたか？」

「速水が病院に運ばれたらしい」

「病院に？　どうして……」

「よくわからないので、これから行ってくる」

「我々も行きましょう」

「いや、その必要はない。俺一人で行ってくる」

すると、桜井が言った。

「自分らも速水さんのことが心配です。いっしょに行かせてください」

ここで押し問答している暇はなかった。

「わかった。来てくれ」

村雨が言った。

「急ぎだから、タクシーを呼びましょう」

所轄の刑事は、捜査車両を乗り回せるほど恵まれてはいない。事件現場への臨場も、徒歩か電車・バスだ。

タクシー一台に、四人が乗り込んだ。安積は助手席に乗り、後ろに三人だ。基本的にタクシーの中では会話はしない。

うっかりしゃべったことが、運転手から洩《も》れることがあるのだ。十分ほどで病院に着いた。

安積は、夜間受付で警察手帳を出して尋ねた。

「警視庁交通機動隊の速水小隊長が救急搬送されたと聞いてやってきたんだが……」

受付は制服姿で年配の男性だ。しばらく電話でやり取りした後に、処置室で治療中だと言った。

「あそこのソファでお待ちください。処置が終わったらお知らせします」

安積たち四人は、言われた場所に腰を下ろした。受付の男性は「ソファ」と言ったが、背もたれはなく、詰め物はしてあるもののこれは腰かけに過ぎないと、安積は思った。

村雨が言った。

「いったい、どういうことなんです?」

安積はこたえた。

「俺にもわからない」

「さっきの電話の相手は誰だったんですか?」

「交機隊員だ。終業時間の頃に、俺のところに来て、速水を見なかったかと尋ねた」

「終業時間の頃……?」

「私服姿で出かけたということだったので、帰宅したんじゃないかと言ったんだが……」

「それで……?」

「電話では、何者かに暴力を振るわれたらしいと言っていた」

「暴力を振るわれた」

そう鸚鵡《おうむ》返しに聞き返したのは桜井だった。

「交機隊の岡本という隊員がそう言っていた」

村雨が言った。

「篠崎でしょうか」

安積はうなずいた。

「俺も同じことを考えていた」

「え……」

桜井が言う。「速水さんは、篠崎に会いにいってやられたってことですか？」

「わからない」

安積はこたえた。「だが、そうとしか思えない」

黒木が膝《ひざ》の上で拳《こぶし》を握っている。その拳が小刻みに震えていることに、安積は気づいた。

黒木が怒っている。

安積は言った。

「みんな、落ち着け。まだ何があったのかわからないんだ。速水から話が聞けるといいんだが……」

三人はこたえなかった。

しばらく無言の間が続いた。

受付の男性がやってきて、安積に告げた。

「処置が終わって病室に移動したそうです」

病室の番号と場所を聞いて、安積たちは向かった。

「何だ、おまえら。雁首《がんくび》そろえて……」

ベッドに横たわった速水が言った。

安積は拍子抜けする気分だった。

「救急搬送されたと聞いたから、慌てて飛んできたんだ」

「そいつは済まなかったな。だが、このとおりだ」

このとおりと言うが、左の前腕はギプスで固められ、三角巾《さんかくきん》で吊《つ》られている。顔面にも殴打の跡があるし、頭部にも包帯が巻かれ、さらにネットが被《かぶ》せられていた。

その他にも多くの打撲がありそうで、かなりの重傷の様子だ。

安積は尋ねた。

「篠崎に会ったのか?」

「さすがは刑事だな」

「なぜ一人で行った?」

「なぜだろうな……。一人で行かなきゃならないような気がしたんだ」

「それは間違いだったな。少なくとも、俺には言うべきだった」

「男同士の話ができるんじゃないかと思ったんだがな」

「向こうから連絡が来たんだな?」

「そうだ」

「それでおまえは指定された場所に出かけていった」

「ああ」

「罠《わな》だったのか？」

「罠というか、予想どおりだった」

「襲撃されたんだな」

「邪魔をするなと言われた。昔の意趣返しでもあったんだろうな。お礼参りっていうやつだ。さんざん追い回したからな。何度か検挙もしたし」

「邪魔をするなだって？　何の邪魔だ」

「さあな。それを訊く前にこのざまだ」

「篠崎は、臨海署管内に帰ってきて、何かをやろうとしている。それは何だと思う？」

「わからない。だが……」

「だが？」

「怪我《けが》が治ったら訊きにいくつもりだ」

「そのときは俺もいっしょだ。いいな？」

「ああ、わかってる」

さすがに怪我が辛《つら》そうだ。

「左腕は折れているんだな？」

「そのようだな」

「他に骨折は？」

「あばらにひびが入っているが、その他は無事だ」

「篠崎とはどこで会った？」

「青海コンテナ埠頭《ふとう》だ」

「やつの立ち回り先は？」

「今、隊員に調べさせている」

「岡本か？」

「ああ。岡本と上島《うえしま》っていう巡査部長と巡査長のペアだ」

安積を訪ねてきた二人だろう。

「そいつらは、おまえを心配していた」

「そうだろうな」

「しばらく休め」

「ああ」

安積たちは病室を出た。

すると、村雨が言った。

「なんだか騒がしいですね」

たしかに、病院内が慌ただしい。医者や看護師が駆け回っているし、警察官たちの姿も見える。

安積は、知り合いの地域課の巡査部長を見つけて尋ねた。

「何事だ？」

「あ、安積係長。いや、何が何だか……」

「怪我人が運び込まれているようだな」

「そうなんですよ」

「大事故でもあったのか？」

「いや、事故じゃないらしいんですが……」

「じゃあ何だ？」

「乱闘か何かあったらしくて……」

「乱闘……？」

「十人ほどが怪我をしてぶっ倒れていたんです。それで病院はてんやわんやです」

「十人ほど倒れていた」

安積は尋ねた。「場所はもしかして、青海のコンテナ埠頭か？」

「あれ、安積係長、何か知ってるんですか？」

安積は村雨と顔を見合わせていた。


埠頭に倒れていたのは、半グレや元暴走族だということが、現場に駆けつけた機捜隊員や地域課の調べでわかった。

倒れていたというのは、いささか大げさで、その場に座り込んでいる者もいたらしい。また、警察が駆けつけたときに逃走した者もいるらしく、そこに集結していたのが何人だったのかは正確にはわからないということだった。

「つまり……」

マルティニ警護のシフトが終わり、席に戻っていた須田が目を丸くした。「速水さん一人で、十人をやっつけたというわけですか?」

安積はこたえた。

「正確な人数はわからない。だが、ほぼ十人が倒れたりその場に座り込んだりしていたらしい」

「さすがというか、なんというか……。すごいですね」

村雨がそれに応じる。

「病院送りになったと聞いたときは、まさか速水さんがと思ったが、それを聞いてなるほどと思ったよ」

「でも……」

桜井が言う。「問題は、速水さんが何人やっつけたかじゃなくて、速水さんが待ち伏せされて襲撃されたってことでしょう」

「そうよ」

水野が言った。「警察官を待ち伏せするなんて、ふざけてるわ」

安積は「そうだな」と言った。

病院にいるときから、黒木のことを気にしていた。

黒木は何も言わないが、たぶん、係員の中で彼が一番腹を立てている。剣道五段の猛者《もさ》で、理不尽な暴力を決して許さないのだ。

そして、黒木同様に自分も腹を立てていることを自覚していた。罪を憎んで人を憎まず、などという言葉があるが、実際にはそんなきれい事では済まない。

安積は、篠崎に腹を立てていた。真島係長の言い方を借りれば、「俺の縄張りで何をする」という気持ちだった。

そこに、その真島係長がやってきた。

「速水のせいで、俺たちはてんてこ舞いだぞ」

安積は言った。

「病院に運ばれた連中の取り調べだな？」

「ああ。おかげで、半グレだの元マル走だのの情報が一気に増えた。ありがたい話だが、速水はだいじょうぶなのか？」

「左腕を骨折している。あばらにもひびが入っているということだ」

「なんてこった……」

「そう。たしかに重傷だな」

「そうじゃないよ。あれだけの人数を相手にして、それだけの怪我で済んだことに驚いているんだ」

「速水だからな」

「おまえさん、怖い顔をしているぞ」

「そうか？」

「おそらく、スナックちとせで古賀や前田がやられたとき、俺もそんな顔をしていたと思う」

「このまま篠崎をのさばらせておくわけにはいかないと思っている」

「同感だ。俺も暴力犯係の面子《メンツ》にかけて、やつを検挙したいと思っている」

「まずは、篠崎の目的を知ることだ」

「速水は何と言ってるんだ?」

「詳しく話を聞く前に乱闘になったと言っていた」

「なるほど」

「怪我が治ったら話を聞きにいくそうだ」

「骨折じゃ、最低でも全治一ヵ月だろう。それまで待っていられないな」

「完全に治っていなくても、動けるようになったらあいつは会いにいくだろう」

「それまで、俺たちがぼうっとしてたら速水に笑われるぞ」

「そうだな。俺たち強行犯係は全力で、篠崎の所在を確認するつもりだ」

「病院送りになったチンピラどもを吐かせよう。そっちは俺たちに任せろ」

安積はうなずいた。

真島係長は、その場を去りかけて足を止め、躊躇《ちゅうちょ》する様子を見せてから言った。

「俺が言われたことを、今そのまんまあんたに返すよ」

「何だ?」

「余計なことは考えるなよ」

苦笑したかったが、その余裕がなかった。

どうやら俺は、相当に腹を立てているようだと、安積は思った。

「わかってる」

安積はそうこたえた。


真島係長がいなくなると、安積は係員たちに言った。

「まず、篠崎の所在を明らかにする。戻ってきたということは、お台場や有明のあたりに住居があるはずだ。住処《すみか》がないとしても、拠点とするアジトがあるはずだ」

村雨が言った。

「了解しました。高野や石毛をさらに叩《たた》いてみましょう」

「送検後も話を聞けるように、検事と話をつけてくれ」

「相楽係長に相談してみます」

村雨は席を立った。

「須田と水野は、マルティニの件があるが、手が空いているときは、篠崎について当たってくれ」

須田が言った。

「わかりました。……というか、マルティニのことも、実は篠崎絡みなんですよね」

「そうだな。柿田が樽駒で嫌がらせをしたのは、篠崎の指示なのかもしれない」

水野が言った。

「マルティニには、絶対に手を出させません」

安積はうなずいてから言った。

「黒木。須田がマルティニに張り付いている間、俺と組め」

黒木は無表情のままこたえた。

「了解しました」

彼はあまり表情を変えるほうではないが、これほど表情を閉ざすのも珍しい。そばに置いて、俺が見張っている必要があると、安積は思った。

黒木が暴走したら、誰も止められない。

そこに、村雨が相楽を連れて戻ってきた。

相楽が安積に言った。

「速水さんがやられたって、本当なんですか?」

「待ち伏せされたらしい。……というか、自らその罠に飛び込んでいったようだがな」

「十人ほど返り討ちにしたって……」

「だが、俺は腹を立てている」

その一言に驚く係員はいなかった。皆、同じ気持ちなのだ。相楽も驚いた様子はなかった。

「篠崎は、臨海署に喧嘩《けんか》を売っているようですね」

「速水は臨海署員じゃなくて、警視庁本部所属だがな」

「臨海署管内で、連続して騒ぎを起こしているじゃないですか。やっぱり、俺たちに喧嘩を売ってるんです」

「そうかもしれない」

「だったら」

相楽が言った。「その喧嘩、買ってやろうじゃないですか」

9

喧嘩《けんか》を買うか。警察官の言うことではないな、と安積は思った。しかしそれは、安積をはじめとする臨海署の面々の正直な心境だった。

まさか、相楽が俺《おれ》たちの気持ちを代弁しようとは……。

篠崎は、相楽が言うように臨海署に喧嘩を売っているように見える。その目的がわからない。

昔、速水たちに追い回されたり検挙されたりしたことの怨《うら》みを晴らそうというのだろうか。それにしても、なぜ今なのだろう。

「さて……」

相楽が言った。「うちの班は、引きあげますよ」

「マルティニの身辺警戒は？」

「二人出してます」

安積班も須田と水野の二人を出している。

「わかった。ごくろう」

安積は相楽に言った。「我々も帰るとしよう」

もうじき午後九時だ。安積は帰宅の準備を始めた。

電話の音で起こされた。

眠ったばかりだと思っていたが、実は一時間半ほど経《た》っていた。午前零時半だ。

電話は水野からだった。

「はい、安積」

「柿田の仲間と見られる二人の身柄を確保しました」

「身柄確保？　どういうことだ？」

「柿田といっしょに、スナックちとせを襲撃した二人です。マルティニの身辺を警戒中に、須田君が職質をかけて……」

「マルティニに危害を加えようとしていたんだな？」

「車で待ち伏せをしている様子でしたから、拉致《らち》でも計画していたんじゃないでしょうか」

「わかった。詳しい話は署で聞こう」

「係長。出てこなくていいですよ。私たちも、二人の留置を済ませたら帰ります。未明に取り調べもできませんし……。身柄確保の報告をしようと思っただけですから」

「そうか」

正直言ってありがたかった。

事件が起きたら何があっても駆けつける。若い頃《ころ》からそれが習い性になっているが、朝までベッドで寝られるならそうしたい。

安積は言った。

「じゃあ、朝に詳しい話を聞こう」

「はい」

安積は電話を切り、再び布団にくるまった。

「職質したら、いきなり車が走りだしたんですよ。あやうく巻き込まれるところでした」

須田が目をむいてそう言った。

「そいつは危なかったな。傷害罪か暴行罪になるかもしれない」

「それでですね、あ、逃げられたって思ったわけです。俺たち、車持ってませんでしたから……」

「でも、確保したんだな?」

須田の報告を聞くには少々辛抱が必要だ。悪気はないのだろうが、説明がまどろっこしいし、話が横道に逸《そ》れることもある。

だが安積は、それが無駄だとは思わない。須田の話は示唆に富んでいる。付き合う覚悟があれば、多くの情報を酌み取ることができる。

「ええ。そのときですよ。一台の車がやつらの車を追っていったんです」

「一台の車?」

「交機隊の覆面車でした。俺たちとは別に、どこかで彼らを張っていたんでしょうね。すごいスピードで追っていきました」

「交機隊の覆面車……。それで、どうなったんだ？」

「交機隊にかなうドライバーはいませんよ。その覆面車が戻ってきたとき、二人が後部座席にいました。それで、俺と水野、それに暴力犯係の二人の四人で彼らに手錠をかけました」

「……で、身柄を署に運んだんだな？」

「ええ。見事な連携プレイでしょう」

「暴力犯係の二人というのは、古賀と前田か？」

「そうです。交機隊は、岡本と上島です」

安積はうなずいてから、さらに尋ねた。

「検挙した二人は、柿田の仲間で、スナックちとせを襲撃したやつらだそうだな？」

「はい。暴力犯係の古賀と前田が、彼らの人着《にんちゃく》を確認しました」

「話は聞いたか？」

「いえ。まだ留置場です。係長が話を聞くんじゃないかと思って」

「手分けしよう。一人は須田と水野で調べてくれ。もう一人は俺と黒木でやる」

「わかりました」

安積は黒木に言った。

「取調室を押さえてくれ」

黒木は即座に立ち上がった。

スチールデスクの向こうの男は、上半身の筋肉が発達している。ウエイトトレーニングをやってそうだと、安積は思った。

「警視庁東京湾臨海署の安積といいます。名前と年齢を教えてください」

男は、思っていたよりずっと素直にこたえた。

「福智吾郎《ふくちごろう》。三十二歳」

住所を訊《き》くと、これもすぐにこたえた。台東《たいとう》区内に在住だ。

反社の連中を取り調べると、反応は真っ二つに分かれる。たいていはひどく反抗的で、ふてぶてしい態度を取る。

ほとんどは虚勢だが、心底から警察を憎んだり嫌ったりしている者もいる。

一方で、驚くほど素直に質問にこたえる連中もいる。

警察に逆らってもいいことはないとわかっている経験豊富なやつらだ。彼らは、少しでも罪を軽くするように計算をする。

あるいは、気が弱くてびびっているやつらもすぐにしゃべる。

福智の場合は両方だろうと、安積は思った。つまり、怯《おび》えつつ心証をよくしてあわよくば罪を軽くしてもらおうと考えているわけだ。

どんな思惑があっても、素直に話してくれるのはありがたい。

「飲食店の樽駒の近くに車を駐《と》めていたそうですが、何をしていたんですか?」

「何って別に……」

隠し事をしているというより、どうこたえていいかわからない様子だ。

「誰《だれ》かを待っていたのですか？」

「待っていた……？　ああ、そうかも……」

「誰を待っていたんですか？」

福智はしばらく逡巡《しゅんじゅん》している様子だった。何か言い訳を考えていたのだろうが、やがて諦《あきら》めたようにこたえた。

「マルティニっていう、店のバイトです」

口調も「ですます」調になった。より協力的になったわけだ。

「何のためにそのバイトを待っていたのですか？」

「俺たち、命令されただけなんです」

「命令？　誰に何を？」

福智はまたためらいを見せた。

よほど腹をくくらないと、犯罪の告白はできないのだ。

安積は待つことにした。

やがて、福智は沈黙に耐えかねるように言った。

「拉致れと言われてました」

「拉致れ？　彼女を連れ去ろうとしていたわけですか？」

「いや……。そう言われていたけど、飯塚《いいづか》と二人でどうしようかと言っていたんです。そこに刑事さんが来て……」

　刑事さんというのは須田のことだろう。飯塚というのが仲間の名前らしい。

「どうしようかと言っていた？」

「だって、ヤバいじゃないすか。拉致るなんて……。でも、柿田はすげえ頭に来てるようで、言うとおりにしないと、後で何されるかわからねえって思ったんです」

「柿田に言われてやろうとしたということですか？」

「そうっす」

「柿田とはそういう関係なんですか？」

「そういう関係って……？」

「何かを命令されるような関係です。対等な仲間じゃなくて……」

「……つうか、今回は柿田が完全にキレてたから……。そうなると手が付けられないんです。いちおう一コ上だから先輩っちゃあ先輩なんだけど……。だから、言うとおりにしておこうと思って……」

「スナックちとせで暴れましたね？」

「スナックちとせ……？　ああ、あの店ですか……」

「それも柿田が言い出したことなんですか？」

「いやあ、それは……」

「あなたは、その件でも罪を問われることになります」

「罪を問われる……？」

「傷害、器物損壊、それに公務執行妨害です」

「公務執行妨害……？」

「警察官相手に乱暴を働きましたから」

「いや、そんなつもりは……」

「それに、今回の略取・誘拐未遂が加わります」

正確に言うと、須田が職質をした段階では未遂にはならない。逃走したから身柄を確保しただけで、略取・誘拐の罪を問えるかどうかはわからない。

だが、こう言えばプレッシャーがかかるはずだ。

案の定、福智の顔色が悪くなった。

「いや、俺……」

「スナックちとせの件も、誰かに言われたんですか？」

この言葉は、誘い水となった。

「そうなんですよ。俺たちは別にミカジメ料なんてどうでもいいんです」

「誰に命じられたんですか？」

福智は秘密を共有するかのように、声を落とした。

「篠崎ってやつなんですよ」

「篠崎恭司ですか？」

「そうです。俺と同い年なんだけど、あいつはマジやべえんです。俺、絶対に逆らいたくないです」

「篠崎にはどこに行けば会えますか?」

「俺たちはいつも、有明にあるバーで会ってました」

「俺たちは……?」

「柿田と飯塚と俺と……」

「何というバーです?」

「『カルロ』です。なんか、もともと会員制とかだったらしいんだけど、今じゃ篠崎が仕切っていて……」

「仕切るって、どういうことですか?」

「ほとんどの客が、篠崎の知り合いで……。あいつ、まるで自分の店みたいな顔してます。ミカジメも取ってるみたいだし」

「店にとってはいい迷惑ですね」

「いや、そうでもないみたいで……。コロナんとき潰《つぶ》れそうだったんだけど、篠崎が客連れてくるんで、今も潰れずにいるんです」

「柿田のようなやつが大勢入り浸っているということですね?」

「入り浸っているっていうか、カルロでは、揉《も》め事は御法度ですから、おとなしく酒飲んでます」

おとなしいかどうかは別として、つまりは半グレの溜《た》まり場になっているということだ。

「カルロの詳しい場所を教えてください」

福智は、ゆりかもめの東京ビッグサイト駅の近くだと言った。

「また話を聞くかもしれないので、待っていてください」

「また留置場ですか?」

「はい」

「あの……」

「何でしょう?」

「俺、柿田や篠崎に言われてやっただけなんで、罪は軽くて済みますよね……」

安積はこたえた。

「考慮します」


強行犯係の席に戻ってしばらくすると、須田と水野も戻ってきた。彼らが取り調べをした福智の仲間の名前は、飯塚満《みつる》。年齢は三十三歳で、福智の一つ上だ。つまり、柿田と同じ年齢ということだ。

安積は須田と水野に言った。

「福智は、拉致を柿田に命じられたと言っていた」

「あ、飯塚も同じことを言ってました」

「スナックちとせの件は、篠崎に命じられたということだ」

須田と水野がうなずく。須田がこたえた。

「それも、同じですね。飯塚も篠崎の関与を認めました」

「篠崎やその仲間が溜まり場にしているバーがあるそうだ」

「カルロですね」

須田と水野も飯塚からその店名を聞き出していた。でたらめではないということだ。

安積は席を立ち、暴力犯係を訪ねた。

真島係長に言った。

「カルロというバーを知ってるか?」

「いや」

「東京ビッグサイト駅の近くにあるらしい」

「有明のバーなんて縁がねえな」

「行ってみるといい。篠崎が仲間の溜まり場にしちまったという話だ」

それまで背もたれに体を預けていた真島係長が、身を乗り出した。

「そこが篠崎のアジトということか?」

「少なくとも、そこに行けば会えると思う」

「カルロだな。調べてみる」

安積はうなずき、席に戻った。

「病院に行って、速水に篠崎のアジトのことを話してくる」

須田が言った。

「福智と飯塚は逮捕・送検しますか？」

「暴力犯係との兼ね合いもあるから、戻ってから考える」

「了解しました」

「マルティニの身辺警戒はどうしましょう？　福智と飯塚を確保したので、いちおう危険はなくなったと思うんですが……」

それに対して水野が言った。

「柿田は、第二第三の手を打ってくるかもしれないわ」

須田が言う。

「柿田は病院で監視されているんだから、仲間と連絡を取ることはできないだろう」

「でも、実際に福智と飯塚に連絡してるのよ。それに、柿田が監視されていても、篠崎が捕まっていないのだから安心はできないわ」

安積は言った。

「水野の言うとおりだと思う。しばらくは、現状維持がいいだろう」

須田がうなずいた。

「わかりました」

「黒木。いっしょに来てくれ」

安積が言うと、黒木は一言「はい」とこたえた。


「退院した？」

速水がいた病室を訪ねるとベッドが空だった。ナースステーションで事情を訊くと、もう退院したという。

黒木が看護師に言った。

「前腕の骨折でしょう？　全治一ヵ月くらいの怪我《けが》なんじゃないですか？」

「全治二ヵ月です」

「なのに退院したんですか？」

「はい」

黒木が「どうしましょう？」という顔で安積を見た。

「まさかとは思うが、交機隊の分駐所に行ってみよう」

署に逆戻りだった。

交機隊は警視庁本部の執行隊だが、警察署内に分駐所を置いているケースがある。速水の小隊も東京湾臨海署内にある分駐所に常駐している。

東京湾臨海署ができたばかりのときは、今のような立派な庁舎ではなく、プレハブのような造りだった。

当時は東京湾岸地区の開発の真っ最中で、発達していく交通網の取り締まりのために交機隊の分駐所が臨海署内に置かれたのだ。

なにせ小さな警察署だったので、交機隊のほうが大きな顔をしていたような印象がある。ただ、速水の態度がでかいのはそのせいではなく、たぶん生まれつきだ。

彼は警察学校時代から常に自信に満ちており、迷いがない。

黒木と二人で交機隊分駐所を訪ねて、安積はまた驚いた。

「まさか」と言ったが、小隊長席に速水の姿があった。

「どうした、安積係長。何か用か？」

速水は左腕をギプスで固め三角巾《さんかくきん》で吊《つ》っている。

「全治二ヵ月と聞いたぞ」

「ああ。医者はそう言っている」

「ここで何をしている」

「何をしているように見える？」

「おとなしく入院していたほうがいい」

「全治二ヵ月というのは、骨が完全にくっつくまでのことだ。腕は使えなくても、他は元気だ」

「打撲傷もあるだろう」

「打撲傷で寝ていたら、そこにいる黒木に笑われる」

黒木は真面目《まじめ》な顔で言った。

「自分は笑いません」

安積は半ばあきれて尋ねた。

「本当に問題ないんだな？」

「問題ない。それで、もう一度訊くが、何の用だ？」

安積はカルロのことを話した。

話を聞き終えると、速水は言った。

「それを俺に教えるということは、篠崎に会いにいけと言っているのか？」

「ばかを言うな。おまえは怪我人だ。本来なら入院していなけりゃならないんだし、退院しても自宅で療養していたほうがいい」

「自宅にいるより、ここのほうが落ち着くし、いざというときに部下もいる」

なるほど、もし同じ境遇になったら自分もそう思うだろうと、安積は思った。

自宅に帰っても一人だ。少なくとも、職場には仲間がいる。

安積は言った。

「一人で篠崎に会いにいこうなんて思うなよ」

「俺がそれほどばかだと思うか？」

「おとなしく入院していないなんて、相当にばかだと思うぞ」

「篠崎とは、おまえといっしょに会いにいくと言った」

安積はうなずいた。

「体をいたわれ。もう若くないんだ」

「わかってる」

安積は分駐所をあとにした。

10

午前十一時。安積の席に、真島係長と相楽係長がやってきた。

真島係長が言った。

「マルティニの身辺警戒の件だ。柿田の仲間が捕まったので、この先どうするか話し合おう」

相楽が言った。

「実際問題、脅威はなくなったわけだし、これ以上係員に負担を強いるのはどうかと思いますね」

安積は、須田と水野の議論を思い出していた。

「本当に脅威は去ったと言えるんだろうか」

「だって、柿田はじきに送検だし、新たに捕まった二人もそうなるでしょう?」

「仲間は彼らだけじゃないだろう」

すると、真島係長が言った。

「問題はそこなんだよな……」

相楽が尋ねた。

「そこって、何です?」

「柿田たちは三人組だった。そして、ガンダム近くの恐喝未遂は二人組だ。そして、速水にぶっ倒されたやつらが約十人。これだけでも十五人だ。仲間はまだいるかもしれない」

「つまり……」

相楽が言った。「篠崎の手下がたくさんいるってことですか?」

「手下ってのとは、ちょっと違うんだよな。半グレってのはさ、ヤクザみたいにかっちりした組織がないんだ。誰が誰の子分とか兄弟分とかいう関係じゃない。何かやろうとしたとき、知り合いに声をかける。その知り合いがまた知り合いに声をかける。そうして人数を確保する。組織じゃなくてネットワークだという者もいる」

「ネットワーク……」

「それで、実際に篠崎がどれくらいの人員を動かせるのか、まったくわからないんだ」

安積は言った。

「だから、篠崎を押さえない限り安心はできないんじゃないかと思う」

相楽が肩をすくめる。

「なるほど、半グレはやっかいなんですね」

真島係長がうなずく。

「だからさ、今情報収集に奔走しているわけよ」

「じゃあ……」

相楽が言った。「地域課の重点パトロールで対処してはどうですか?」

「どうかな」

安積は言った。「地域課は対象者に張り付いてくれるわけじゃない」

「つまり、現状維持ということですか？」

「しばらくはそれが望ましいと思う」

「しばらくって、いつまでですか？」

「篠崎が検挙されるまでだ」

「だったら、さっさとやっちゃいましょうよ。アジトがわかったんでしょう？」

安積は即答しなかった。いろいろと考えるべきことがある。

真島係長が言った。

「安積係長だって、そうしたいのは山々だ。そうだろう？　俺だってこんなふざけた野郎は放《ほう》っておけない。けどな、物事には手順というものがある」

相楽が言った。

「わかってますよ。俺だっていちおう係を預かる身ですからね」

この二人も、怒り苛立《いらだ》っている。安積はそう思った。

「ところで」

安積は真島係長に尋ねた。「速水にやられたやつらが、病院から署に運ばれてきたんだろう？　その後どうなったんだ？」

「今、検察と相談している。凶器準備集合罪とか、暴行・傷害とか、いろいろ罪状は考えられるが、送検されても起訴できるかどうか微妙だというんだ」

それに対して相楽が言う。

「じゃあ、やつら、無罪放免ですか?」

「ただじゃあ放免にしないよ。やつらから搾れるだけの情報を搾り取っている。その意味でも、速水に感謝しないとな」

相楽が言った。

「その速水さんは入院しているんですよね? 真島さん、感謝してるんなら、見舞いにでも行ったらどうです」

「もちろん、そのつもりだ」

「いや」

安積は言った。「見舞いの必要はない」

相楽が不思議そうに尋ねた。

「なぜです?」

「もう病院にいないからだ」

「病院にいない? どうしたんです?」

「無理やり退院してきたんだろう。今は分駐所にいる」

相楽が目を丸くした。

「骨折してるんでしょう?」

「全治二ヵ月だが、それは骨が完全にくっつくまでの期間で、それまでじっとしている必要はないと、彼は言っていた」

真島係長が笑った。

「速水らしいな」

相楽があきれたように言う。

「自分だったら、これ幸いと休めるだけ休むんですけどね……」

「それで……」

真島係長が真顔になって安積に尋ねた。「速水はカルロのことを知っているのか？」

「さっき話した」

真島係長が視線を相楽に向けた。同時に相楽も真島を見ていた。二人の視線が交わる。何だか意味ありげな仕草だ。

真島係長が言った。

「それで、何か言ってたか？」

「会いにいきたがっている様子だった」

「篠崎がお台場のあたりにやってきた目的を聞き出したいんだな？」

「だがもう、一人では行かせない」

真島係長はうなずいた。

「当然だな」

相楽が言った。

「確認しますが、マルティニの件は当面現状維持ということでいいですね」

安積はこたえた。

「それでいいと思う」

真島係長がうなずく。

「異存はない」

安積は真島係長に尋ねた。

「福智と飯塚ですが、スナックちとせの件で、逮捕・送検しようと思いますが……」

「ああ、やってくれ」

真島係長と相楽が、安積の席から去っていった。

黒木が自分のほうを見ているのに、安積は気づいた。普段、あからさまに視線を向けてくるようなやつではない。

言いたいことがあるのだろう。

そして、何を言いたいのか、安積にはわかっていた。だから、あえて眼《め》をそらした。

夕刻まで、事件発生もなく比較的平穏に過ぎていった。須田と水野はマルティニの身辺警戒に出かけている。

村雨・桜井組も外出していた。高野と石毛が送検されたので、村雨たちはまた新たな事案を手がけているはずだった。

一時的に安積と組まされている黒木は、手持ち無沙汰《ぶさた》のはずだが、そんなことはおくびにも出さない。

パソコンに向かって、何やらせっせと仕事をしている。彼は今、強い自制心で自分を抑えている。

怒りを無理やり押さえつけているのだ。いつかは爆発するかもしれない。それは避けたかった。

そのためには、適度なガス抜きが必要だと、安積は思った。

やがて午後五時半になった。終業時間が過ぎたが、黒木は相変わらずパソコンに向かっている。

真島係長、相楽、速水、そして黒木……。彼らのさまざまな思惑が交差している。安積は一つ溜め息をついてから、黒木に言った。

「もう一度、交機隊の分駐所に付き合ってくれ」

安積と黒木の姿を見ても、速水は何も言わなかった。彼が軽口を叩《たた》かないのは珍しい。

安積は尋ねた。

「傷の具合はどうだ?」

「どうってことない。腕の骨はくっついてないがな……」

「覆面車を用意できるか?」

速水はうなずいた。

「岡本たちが使っていた車がある」

福智と飯塚を確保するときに使った覆面車だ。

速水は無線のところに行き、マイクを取った。

「一交機49。こちら、ベイエリア分駐所」

すぐに応答がある。

「ベイエリア分駐所。こちら一交機49。どうぞ」

「すぐにこっちに来られるか？」

「一交機49、了解。すぐに向かいます」

マイクを置くと速水は安積に言った。

「聞いてのとおりだ。行こうか」

安積は尋ねた。

「ベイエリア分駐所だって？」

「そうだ。気に入ってその名前を使っている。知らなかったのか？」


覆面車一交機49のハンドルを握るのは岡本だ。助手席に速水が乗った。

後部座席に安積と黒木だ。

速水は、岡本にカルロの所在地を告げる。岡本はただ「了解しました」と言って車を出した。

黒木は、行き先を耳にしても何も言わない。ただフロントガラスの先を見つめている。

やがて、車は有明にやってきた。

速水が言った。

「このあたりでいいか?」

安積はこたえた。

「そうだな」

「俺たち交機隊は、おまえらデカみたいに張り込みに慣れていない。だから、ちゃんと指示をくれ」

「このあたりでいい」

カルロは目立たない店だ。道路に面した一階に出入り口がある。岡本が駐めた位置からは、その出入り口が見えている。

張り込みにはもってこいの場所だった。

安積が覆面車を用意できるかと言っただけで、速水は意図を理解した。おそらく、速水も同じことを考えていたからだろう。

「さて……」

速水が言った。「これからどうするんだ?」

「動くのを待つんだ」

「俺たちは、追っかけるのは得意だが、待つのは苦手だ」

「退屈なら寝てればいい。傷を治すには睡眠も必要だ」

速水がふんと笑ってから言った。

「あそこにいるのは、旧式の捜査車両だろう」

彼が指さすほうを見ると、たしかに覆面車らしい車が見える。

安積は尋ねた。

「旧式って、どういうことだ？」

「この一交機49は後部座席の天井が出っ張っていてうっとうしいだろう。そこにパトライトが納まっている。スイッチ一つでパトライトが現れる仕組みだ。あそこにいるのは、助手席の窓からマグネットでパトライトをくっつけるやつだ。旧式だから捜査車両だろう」

「交通警察の優越感か」

「車のことは、交通警察に任せろ」

そのとき、安積の携帯電話が振動した。真島係長からだった。

「そこにいる覆面はあんたか？」

安積はこたえた。

「ああ。そちらも覆面車にいるんだな？」

「そうだ。どこかに相楽もいるはずだ」

「相楽が……？」

あのときの目配せはそういうことか。安積は思った。

真島係長が言った。

「速水もいるのか？」

「いる。そっちは?」

「古賀と前田がいる。……で、どうするつもりだ?」

「しばらく様子を見る」

「そうだな。柿田たち五人が捕まって、もしかしたら篠崎の尻《しり》に火がついているかもしれない」

「そんな玉とは思えない。とにかく、様子を見る」

「わかった」

電話が切れた。

安積は相楽に電話してみた。

「近くにいると、真島が言っていたが……」

「いますよ。覆面車二台見えてますが、真島係長のと、安積係長のですよね」

「俺が乗っているのは交機隊の覆面車だ。速水がいっしょだ」

「だいじょうぶなんですか? 入院してたんでしょう?」

「立ち回りをやるわけじゃない」

「成り行きでどうなるかわかりませんよ」

「そう言われると不安になってくるな。だが、速水に手は出させない。そのために黒木がいる」

黒木がわずかに反応したのがわかった。

「黒木がいるんですか」

相楽が言った。「そいつは頼もしいな」

彼は黒木の腕を知っている。

「そっちは？」

「自分も二人連れてきてますが、いざとなるとどれくらい役に立つか……」

「どこにいるんだ？」

「向かいのビルから様子を見てます。自分ら車を使えるほど恵まれていませんので……」

それは安積も同じだ。交機隊に甘えているだけだ。警視庁本部の交機隊の車を、所轄の安積が利用したことが明るみに出ると、文句を言うやつがいるかもしれない。

警察組織というのは融通がきかないものだ。そこで融通をきかせてしまうのが速水という男なのだ。

「しばらく様子を見ようということになっている」

安積が言うと、相楽がこたえた。

「了解しました」

電話が切れた。

助手席の速水が前を向いたまま安積に言った。

「相楽だって？」

「ああ。あの覆面車に乗っているのは真島係長だ。相楽はカルロの向かいのビルから監視しているらしい」

「捕り物やる気か？」

「わからない。様子を見て、あとは成り行きだ」

「おまえらしいじゃないか」

「俺らしい？」

安積は驚いて聞き返した。

「ああ。まわりのみんなはおまえのことを、理性的で計画性のあるやつだと思っているだろう。だが、俺は本来のおまえを知っている」

「本来の俺って、何だ？」

「無鉄砲なやつなんだよ」

そうかもしれないと、安積は思った。

「相楽がな」

「どうした」

「篠崎が喧嘩を売っているなら、買ってやろうじゃないかと言っていた」

後頭部しか見えない。だが、速水がにやにやと笑っているのがわかった。

「あいつも、ようやく臨海署の一員になったってことじゃないのか」

「あいつは、とうの昔から臨海署のメンバーだよ」

「しかし、あいつら張り込みをするなら、ハンディーくらい持ってくればいいのに……」

ハンディーは、現場で連絡を取り合うための小型無線機だ。

速水の言葉に、安積はこたえた。

ものだ。

「携帯があるからいい」

警察官が持つ携帯電話、いわゆるＰフォンは、ＰＳＤと呼ばれる警察独自の通信システムにつながっており、一一〇番通報の内容を文字で表示したり、写真を一斉配信できたりといった優れものだ。

また、Ｐフォンでは一度に五人が通話できる。

「刑事と違って、俺たちは無線が頼りだからな……」

交通警察はそうなのかもしれない。安積がそう思ったとき、その携帯電話が振動した。

真島係長からだ。

「どうした？」

「ちょっと店の中の様子を見てこようと思ってな……」

「おい。マル暴は気が短いな。もう少し辛抱したらどうだ」

「気が短いわけじゃない。これまでのことを考えると、篠崎は自分で手を汚さない。だから、少しつついてやる必要がある。そう思わないか？」

安積が返事に困っていると、真島係長が車から降りるのが見えた。

安積は言った。

「このまま携帯をつなぎっぱなしにしていてくれ」

「了解だ」

真島係長が、カルロのドアを押す。その姿が店内に消えると、通話に相楽が割り込んできた。

「安積係長、聞こえますか?」

「ああ、聞いている。真島の携帯にもつながっている」

「真島係長がカルロに行ったのはどういうわけです?」

「様子を見にいったんだ。真島の携帯が拾う音を聴こう」

相楽が沈黙した。彼も耳をすましているのだろう。

安積は、携帯のマイクを手で押さえて、速水や黒木に言った。

「真島がカルロに、様子を見にいった」

「見えてるよ」

速水が言った。「いつでも飛び出せるようにしておこう」

11

「あの……。どなたかのご紹介でしょうか？」

携帯電話から、従業員らしい男の声が聞こえる。スピーカーで音声を聞いているが、不明瞭《ふめいりょう》なので、安積は耳をそばだてた。

「いや、紹介はない」

これは真島係長の声だ。電話を所持しているのが真島だから、こちらは比較的聴き取りやすい。

「申し訳ありません。当店は会員制とさせていただいておりまして……」

従業員は、そのようなことを言っているようだ。はっきり聞こえないが、雰囲気でわかる。

真島係長が言った。

「そうかい。会員制なのか……」

「はい」

会員制というほどの店には見えなかった。どこにでもありそうなバーだ。

福智が、もともと会員制だったと言っていたから、コロナ前は有名人などの隠れ家的な店だったのかもしれない。

かつて、西麻布《にしあざぶ》あたりにそういう飲食店がたくさんあったと聞いたことがある。

「知っているやつがいると思って来たんだがな……」

「どちら様ですか？」

「篠崎ってやつだが……」

「存じません。お引き取りください」

きっぱりとした拒否の口調だった。

「いるんだろう？　どいつが篠崎だ？」

「出ていってください」

すると、別な声が聞こえてきた。

「何だ？　何か揉《も》め事か？」

声だけだが、いかにも柄が悪そうだ。

真島係長が言った。

「何だあんた」

「そりゃ、こっちの台詞《せりふ》だろう」

先ほどの従業員の声が聞こえてくる。

「会員制だと言ったんですが……」

柄の悪い声。

「耳が悪いのか？　聞こえたら出ていけよ」

真島係長が言う。

「篠崎に会いに来た」

「どういう関係だ？」

「会えばわかる」

「舐《な》めた口きいてんじゃねえぞ」

安積は、黒木に言った。

「どうやら応援が必要なようだ」

車を降りると、黒木がついてきた。速水が助手席を降りようとする。

安積は言った。

「おまえは怪我人《けがにん》だ」

「別に暴れるわけじゃない。篠崎と会うときは同行すると言っただろう」

言って聞くやつじゃない。

「わかった」

三人が車を離れようとすると、運転席の岡本もやってきた。

速水が岡本に言った。

「車を離れるな。交機隊なら車を守れ」

すると岡本が言った。

「今は、車よりヘッドを守るときです」

速水がふんと鼻で笑った。

安積はカルロに向かった。隣を歩く速水に言った。

「ヘッドと呼ばれているのか？」

「うちの小隊の伝統だ」

安積が先頭で、カルロに入っていった。

カウンターの前で、真島係長がひどく剣呑《けんのん》な雰囲気の男と対峙《たいじ》していた。見かけは声よりもさらに柄が悪かった。

カウンターの中には、黒っぽいジャケット姿の従業員らしい男がいる。「会員制だ」と言っていたのは彼だろう。

その男が言った。

「何ですか、あなたたちは……」

安積は言った。

「その男の連れだ」

「その方にも申し上げたのですが、この店は会員制で、それ以外のお客様にはご遠慮いただいております」

言葉は丁寧だが、口調は威圧的だ。

「てめえら、ここをどこだと思ってるんだ」

柄の悪い男が唸《うな》るように言う。「まとめて叩《たた》き出してやるぞ」

真島係長が言った。

「ほう。やれるもんなら、やってみろよ」

挑発しているのだ。

安積はすぐ後ろにいる黒木に言った。

「あいつが真島に手を触れたら、すぐに検挙しろ」

「はい」

店内には、十人以上の客がいる。いずれも物騒な人相風体をしている。その中に篠崎がいるかどうか、安積にはわからない。

客たちはあからさまに身構えたりしない。それぞれくつろいだ恰好《かっこう》のままだ。だが、安積は、ちりちりとした緊張感を感じた。殺気だ。

真島係長は対峙している男から眼《め》を離さない。

敵は十人以上。こちらは五人。しかも、一人は怪我人だ。

その怪我人がテーブル席の客に声をかけた。

「よう、篠崎。今度はこっちから訪ねてきてやったぞ」

安積は相手の人物を見た。これが篠崎か。体格に威圧感はない。むしろ優男に見える。だが、その眼は普通ではなかった。

まったく表情が読めない。

篠崎は何も言わずに、その不気味な眼で速水を見ている。

速水はさらに言った。

「昨日はお友達が大勢いて、まともに話ができなかったからな。今日はいくつか質問させてもらうぞ」

カルロにやってきて、まだ誰《だれ》も警察だと告げてはいない。だが、ここにいる連中の大半はすでに気づいているはずだ。

篠崎の眼に変化はない。

速水が言う。

「おまえ、お台場に戻ってきて、何をやろうっていうんだ？　目的を教えてくれ」

篠崎は、速水から眼をそらした。真島係長と対峙している男を見ると、かすかにうなずいた。つまらなそうな顔で、ただうなずいただけだ。

真島係長と対峙している男が即座に動いた。

彼はいきなり真島の顔面に右フックを飛ばしたのだ。

暴行の現行犯だ。真島係長が怪我をしていたら傷害罪だ。安積がそう思った瞬間、黒木はもう動いていた。

真島係長が尻餅《しりもち》をつくのと、黒木が真島を殴った男につかみかかるのが同時だった。

男は黒木を払いのけようとした。だが、黒木はびくともしない。たちまち男の右腕を押さえ、肘《ひじ》と肩を決めていた。

客たちが立ち上がる。その中の一人が怒鳴った。

「てめえら、何者だ」

しかめ面で立ち上がった真島係長がそれにこたえた。

「臨海署だ。文句あるか」

安積は真島係長に言った。

「怪我してるか？」

「頬《ほお》の中を切っているし、打撲で腫《は》れるだろう」

「じゃあ、こいつは傷害罪だな」

「公務執行妨害は？」

「警察だって名乗るのがちょっと遅かったな」

真島係長は舌打ちした。

「しかし、敵は倍以上だな……」

「助《すけ》っ人《と》は来ないのか？」

「じきに、うちの若いのが来るはずだが……」

立ち上がった客たち、つまり篠崎の仲間たちは皆殺気立っている。臨戦態勢だ。

制圧した相手に手錠をかけた黒木は、その店の中の様子を見回していた。緊張している様子はまったくない。まるで、景色を眺めているような風情《ふぜい》だった。

速水が言った。

「何が目的か知らないが、うちの強行犯係長が言っている。喧嘩《けんか》なら買うってな」

篠崎は相変わらず退屈そうだ。だが、その眼だけが異様に光っている。

黒木が安積にそっと言った。

「この状況では、手加減ができません」

安積はこたえた。

そのとき、速水のそばにいた男が吠《ほ》えた。

「しなくていい」

「てめえ、篠崎さんに何言ってんだよ」

その男は、三角巾《さんかくきん》で腕を吊《つ》っている相手につかみかかろうとした。岡本がそれを許さなかった。

その男の前に立ちはだかり、速水をつかもうと伸ばした腕を取り、背負いで投げた。

男は床に叩きつけられる。それを合図に、次々と篠崎の仲間が警察官たちに襲いかかってくる。

岡本と黒木は、彼らを投げ、崩し、制圧していく。しかし、いかんせん多勢に無勢だ。

久しぶりに俺《おれ》も立ち回りをやるか……。

安積がそう思ったとき、出入り口から二人の男が駆け込んできた。暴力犯係の古賀と前田だった。

術科の訓練をしっかり受けている二人の増援は大きかった。たちまち形勢が逆転した。

中でも、やはり黒木の働きは凄《すさ》まじかった。相手の攻撃を最小限の体捌《たいさば》きでかわし、的確な打撃を見舞っている。

剣道の応用だ。達人は剣を持っていなくても充分に戦える。武器そのものよりも体捌きのほうが重要なのだと、いつか黒木が言っていた。

その姿を見ていると「手加減できない」というのが本当かどうか疑問に思えてくる。

黒木はまったく危なげなく相手の攻撃をかわし、たった一撃で相手を無力化している。実力差がはっきりしているので、充分手加減できそうだ。

だが、本人が言うのだから、実際にそうなのだろう。手加減したくない事情もある。

いつしか、抵抗する者はいなくなっていた。床に倒れたり座り込んでいる者が目立つ。篠崎は先ほどと同じ場所に座ったままだった。

相変わらずつまらなそうな顔に表情が読めない眼だ。

速水が篠崎に言った。

「昔のように、署で話をしようか」

篠崎は動かない。

昨日のこともある。速水としてはここで篠崎を取り逃がしたくはないだろう。

携帯電話が振動した。相楽からだった。

「どうした？」

「店の外がえらいことになってますよ」

「えらいこと？」

「バイクや車がカルロを取り囲んでいます。バイクは二十台ほど、車は五台です。出入り口の周囲に集結しています」

篠崎か彼の仲間の誰かが手を打ったということか。

「中はどんな様子なんです？」

「乱闘があったが、今は制圧している」

「でも、そこから出られませんよ」

「何とかする」

「機動隊、呼んでもらいましょうか……」

「方面本部長がどう考えるかわからないが、やるだけやってみてくれ」

機動隊派遣などの警備事案は、方面本部長の専決事項だ。

「了解」

電話が切れた。

真島係長が安積に尋ねた。

「どうした？」

「バイクや車に乗ったやつらに囲まれているらしい」

「篠崎の兵隊か？」

「そういうことだな」

安積は、速水に近づき、事態を告げた。速水は顔をしかめた。

「てめえ……」

篠崎に言う。「とことん喧嘩売るつもりだな……」

すると篠崎の表情に変化が見えた。彼は、かすかにほほえんだのだった。勝利を確信した笑いだ。

そして彼は立ち上がり、初めて口をきいた。

「話すことなんてないよ」

そして、彼は速水の前を悠々と通り過ぎて出入り口に向かった。安積は、彼の前に立ちはだかった。

「どかないと、皆死ぬよ」

脅しているのではない。事実を淡々と告げている口調だった。安積は動けなかった。篠崎は安積の脇《わき》を通り過ぎ、出入り口に向かった。

形勢逆転を見て取ったのだろう。すっかりひるんでいた篠崎の仲間たちが復活しはじめた。床に倒れたり、座り込んでいるやつらが起き上がる。ソファに座っていたやつらも立ち上がった。

なんとかこの場を逃げ出したいが、外にはバイクと四輪が待ち受けている。

真島係長がつぶやいた。

「万事休すかな……」

その時また、相楽から電話があった。安積は尋ねた。

「機動隊は手配できたか？」

「いや、その前にバイクと四輪が散っていったんです」

「散っていった？　篠崎が出ていったからか？」

「篠崎が出ていった？　いや、店から出てきた人物じゃないです。別の誰かが解散するように呼びかけたようです」

「誰か？　何者だ？」

「わかりません」

訳がわからないが、とにかくそれは後回しだ。外に誰もいないとなれば、逃げ出すに限る。

安積は速水に言った。

「引きあげるぞ」

速水は余計なことは言わずに従った。

真島係長も安積についてきた。

岡本は速水に続き、古賀と前田が真島係長に続く。最後に店を出たのは黒木だった。

カルロを出たとたん、汗がどっと噴き出てきた。

「単車と四輪がいたんだって？」

真島係長が言った。「そいつらはどこに行ったんだ？」

安積は言った。

「誰かが解散させたと、相楽が言っていた」

「誰かって誰だ？」

「わからない。とにかく、署に戻ろう」

それぞれの覆面車に向かった。

「結局、篠崎の目的はわからなかったな」

覆面車に乗り込むと、安積は言った。

速水がこたえる。

「不思議なんだが、あいつは何も意図していないような気がした」

「何も意図していない……？」

「ああ。あいつは今自分でやっていることを説明できなかった」

「説明したくなかっただけじゃないのか。あるいは、警察なんかに説明する必要などないと思っているとか……」

「あいつは、言いたいことは言うやつなんだ。何か目的があるなら、それを知らせるはずだ」

「警察には言いたくない目的なのかもしれない。このあたりで勢力を広げたいとか……」

「これまでのやつの言動を見ると、明らかに警察を挑発している。警察に挑戦していると言ってもいい。だったら、その理由を言うはずだ。でなければ、挑発の意味がない」

速水が言うように、しばしば人は自分の真意を知ってもらいたいがために、挑発することがある。

小学生が好きな異性をわざといじめたりするようなものだ。

「ただおまえに仕返しをしているだけかもしれない」

安積が言うと、速水はかぶりを振った。

「それならまどろっこしいことをせずに、直接俺に向かってくるさ」

「事実おまえを襲撃した」

「俺のほうから会いにいったんだ」

安積は考えた。

スナックちとせで暴れたり、ガンダムを見物していた客を恐喝しようとしたり、マルティニにちょっかいを出したり、たしかにやっていることが行き当たりばったりで、速水とはかけ離れているように感じられる。

安積が考えていると、速水が続けて言った。

「あいつは、見るからにやる気がなさそうだった。実際、今やっていることに熱意などないのかもしれない」

「たしかにつまらなそうだったが、ああいう反社のやつらには、よくあることじゃないか」

「篠崎は、自分がやろうとしていることには熱意を見せるんだ」

反社だ元非行少年だと切って捨てずに、相手の個性を認めようとする。これは速水独特の視線だ。

自分には真似《まね》できないと、安積は思う。

「じゃあ……」

安積は言った。「篠崎はどうしてお台場で騒ぎを起こしているんだ？　やる気もないのに、臨海署を挑発しているというのか？」

「誰かにやらされているのかもしれない」

「それは唐突な意見だな。俺は、一連の騒ぎの黒幕が篠崎だと思っていた」

「俺もそう考えていたさ。だが、会ってみてそうじゃないと感じた。百聞は一見にしかずだ」

安積は再び考え込んだ。

他の誰かが言ったのなら、「根拠がない」と切り捨てたかもしれない。しかし、速水は篠崎のことをよく知っている。

そして、彼なら状況を読み間違えることはないと思った。

「篠崎の背後に、さらに黒幕がいるということか?」

助手席の背もたれの向こうで、速水が肩をすくめるのが見えた。

「さあな。そこまでは、俺にもわからない。ただな……」

「ただ?」

「カルロのまわりに単車と四輪が集結していたというじゃないか。誰がそれを解散させたかが気にならないか?」

「そう言えば相楽が、篠崎じゃない誰かがバイクや四輪を解散させたと言っていた」

「それだよ。篠崎以外にそんなことができるのは誰なんだ……」

「おまえには心当たりはないのか?」

「ない」

速水は言った。「だから気になっているんだ」

12

岡本は、安積たちを臨海署まで送ってくれた。速水も降りようとしたが、安積はそれを許さず、岡本に言いつけた。

「ヘッドを自宅まで送り届けろ」

「了解しました」

覆面車が去ると、安積と黒木は強行犯係に戻った。

土曜日だというのに、他の係員も顔をそろえていたので、安積は驚いた。だが、彼らは、安積と黒木がどこで何をやっていたか知らないはずだ。

さすがにくたびれて、今日は引きあげようと思っていると、そこに真島係長と古賀、前田がやってきた。

真島係長が言った。

「いやあ、肝《きも》を冷やしたな……」

安積はこたえた。

「でも、速水と篠崎が直接話をしたことは意味があったと思う」

そこに、相楽も現れた。

「いやあ、危機一髪でしたね」

真島係長が相楽に言った。

「おまえさん、高みの見物だったたな」

「まさか、こっちからつつきに行くとは思わなかったんですよ」

すると、須田が興味津々という表情で言った。

「いったい何があったんです？」

安積はあまり話したくなかった。

相楽が言った。

「カルロにウチコミだよ」

須田が目を丸くする。

「ウチコミって、ガサ状なんてないでしょう？」

ウチコミは強制捜査のことだが、当然のことながら捜索差押許可状、いわゆるガサ状が必要だ。

真島係長が言った。

「ウチコミじゃない。張り込みだよ」

相楽が真島係長に言った。

「でも、捜索に行ったでしょう？」

「捜索じゃない。事情を聞きにいっただけだ。聞き込みだよ」

「聞き込みがちょっとした騒ぎになりましたね」

「反社相手じゃよくある話だ」

「単車・四輪の集団に囲まれるし……」

安積は言った。

「速水はその件が気になると言っていた」

真島係長が聞き返す。

「その件?」

「誰かがバイク集団を解散させた。それが何者なのか……」

真島係長が尋ねる。

「篠崎じゃないんだな?」

相楽が言った。

「篠崎は店の中にいたんですよね? じゃあ別人です。店の外にいた人物が解散させたんです」

安積は尋ねた。

「どんな人物だ?」

「遠いし暗かったので、よく見えませんでしたが、若くはなかったと思います。年配者の体型でした」

「年配者……」

そのとき、警電が鳴り、村雨が受話器を取った。

怪訝《けげん》そうな表情をした村雨が、安積に言った。

「地域課からの連絡なんですが……」

「何だ？」

「店が襲撃を受けたという訴えがあったそうです」

「襲撃を受けた？」

「はい。カルロという店が、臨海署を名乗る複数の男たちに襲撃されたと……」

安積は、真島係長と顔を見合わせた。

古賀が言った。

「店の従業員か、客の誰かが通報したんですね」

真島係長が舌打ちした。

「とことん舐めやがって……」

安積は村雨に言った。

「桜井と二人で行って、話を聞いてきてくれ」

村雨は、電話の相手に「すぐ行く」と言って受話器を置いた。

「こういうことですか？」

村雨が安積に言った。「係長と暴力犯係が話を聞きにいって、多少手荒なことをした……。それをその場にいた誰かが訴えたと……」

「正式な訴えかどうかはわからない。その辺をちゃんと聞いてくるんだ」

「わかりました。訴えなんて出させませんよ」

「圧力をかけたりすると裏目に出るぞ」

「わかってます」

村雨と桜井が出かけていった。

その後ろ姿を見ながら、真島係長が言った。

「何だか面倒なことになったな……」

安積はこたえた。

「村雨に任せておけばだいじょうぶだ」

その時、再び警電が鳴り、水野が出た。

「榊原課長です」

水野が言った。「係長に……」

安積は、自分の机の受話器を取った。

「はい、安積」

「地域課から妙な電話があった。臨海署を名乗る集団に襲撃された件だというんだが、何か心当たりはあるか？」

「それは、我々のことだと思います」

榊原課長が一瞬、絶句する。

「我々って、どういうことだ？」

「私と真島係長、それに速水、その他数名のことです」

「何があった？」

「篠崎のアジトと見られるカルロというバーに聞き込みに行きました。相手が乱暴な連中で、そこでちょっといざこざが……」

電話の向こうで溜《た》め息が聞こえる。

「これから、署に出るから、話を聞かせろ。真島係長もいっしょにだ」

「課長はもうご自宅ですか?」

「今日は土曜日だ。朝からうちにいるよ」

そうだった。土曜日の夜に、署まで足を運ばなければならないのだから、課長はまたひどく情けない思いをしているだろう。

電話が切れると、安積は真島係長に言った。

「これから課長が出てきて、話を聞くそうだ」

真島係長は顔をしかめ、古賀と前田に言った。

「おまえたちは、もう帰っていいぞ」

古賀が言った。

「でも課長が……」

「おまえたちには責任はない。話を聞かれるのは俺だけでいい」

安積は須田たちに言った。

「おまえたちも、用がないのなら帰れ」

須田が言った。

「村チョウたちが戻ってくるまで、いたほうがいいんじゃないですか？」

「話は俺が聞いておく」

安積は特に、黒木に帰れと言いたかった。彼は責任を感じて、いっしょに課長のもとに行くと言い出しかねない。

そのとき、水野が須田に言った。

「帰りましょう。どうせ何かあったら呼び出されるんだし」

彼女は、俺の心境を読み取ってくれたのかもしれないと、安積は思った。

須田が言う。

「そうだな。おい、黒木、寮に戻ろう」

須田と黒木は、署の敷地内にある待機寮に住んでいる。

先に、古賀と前田がいなくなり、その後須田たち三人が出ていった。

二人きりになると、真島係長が言った。

「すまねえな」

「何がだ？」

「篠崎たちをつつきに行ったのは軽率だったかもしれない」

「謝ることはない。あのときは、それが正しいと判断したんだろう。俺はその判断を信じた」

「だが、間違っていたようだ」

「間違いは正せばいい」

「クビになったら正せないな……」

「クビになることなんて考えるな」

公務員は生活が安定している代わりに、常に懲戒に怯《おび》えている。解雇になることは滅多《めった》にないが、減給や謹慎は珍しくない。降格もある。

そして、そうなれば自ら警察を辞するのが普通だ。つまり、謹慎でも降格でも解雇とほぼ同じ意味を持つのだ。つまり、クビだ。

安積は続けて言った。

「警察官人生が終わったとしても、生きている限り間違いを正すチャンスはある」

「そうだな」

それからしばらくして、課長席に榊原課長が姿を見せた。

安積と真島係長は、課長席に向かった。


「いったい何をやってるんだ」

榊原課長は、半ばあきれ半ば怒りの表情で言った。

真島係長が経緯を説明した。話を聞き終えると、榊原課長が質問した。

「張り込みに行ったんだな?」

真島係長がこたえる。

「そうです。目的は篠崎の動向を見張り、彼の目的を知ることでした」

「なのに、様子を見にいって、乱闘騒ぎになったと……」

「はい」

「あきれたもんだな。それで告訴でもされたらどうするつもりだ」

「相手は、一連の暴力事件の黒幕です。そして、店の客はほとんど篠崎の仲間でした」

「それをどうやって証明するんだ?」

「いや、それは……」

真島係長は言い淀《よど》んだ。

代わって安積が言った。

「ただ見張っているだけでは、篠崎は動かないと、真島係長は判断したのです。その判断に間違いはなかったと思います」

「そういう話じゃないんだ」

榊原課長の顔色がよくない。ストレスに苛《さいな》まれているのだ。「臨海署が訴えられたら、俺たちは被告だぞ。訟務や監察が動く。そうなれば、徹底的に調べられるぞ」

「調べられて困ることはありません」

安積は言った。本当にそう思っていた。

榊原課長が言う。

「向こうには怪我人が何人もいるそうだ。へたをしたら、傷害罪だぞ。クビどころか、起訴されることになる」

ふと、黒木の顔が浮かんだ。

真島係長が言った。

「反社相手の捜査では、手荒なことも必要です。今回は、特にヤバいやつらでしたから……。こっちの身も危なかったんです」

榊原課長が言う。

「そういう危険を、できるだけ避けるべきじゃないのか」

「我々の仕事は、それじゃやつとまりません」

「身の危険を感じたんだな?」

「そうです」

榊原課長が安積を見た。

「君もそう感じたか?」

「たしかに身の危険を感じました。敵は我々の倍以上いましたから……」

榊原課長は溜め息をついてから言った。

「まあ、それを強調するしか手はなさそうだな……」

課長はもう訴えられたときのことを考えているようだ。もともと苦労性なのだ。

安積は言った。

「地域課から連絡を受けて、村雨と桜井が現場に行っているはずですが……」

「何かあったら電話をくれ。私は帰るから……。土曜日の夜だからな」

「わかりました」

課長はそのまま帰宅した。

真島係長が言った。

「いったい、何だったんだ……」

「知らせを受けて、頭に血が上って飛んできたんだろう。話を聞くうちに平静を取り戻したんだ」

「話を聞かれただけで、放《ほう》り出された気分だな。何だか拍子抜けだ」

「本番はこれからだよ」

安積が言うと、真島係長は怪訝そうな顔をした。

「本番……？」

「ああ。課長は署長に報告する。すると、今度は署長から呼び出しがあるわけだ。その後は、本部の警務部あたりから誰か人が来るかもしれない」

「課長が言ってた訟務か監察だな。そうなったら、本当にクビが飛ぶかもしれないな」

その言葉に、安積はこれまでの警察官人生を思いやっていた。だが、クビになるという実感はない。

「しかしな……」

真島係長が言った。「喧嘩を売ってきたのは向こうだ。俺たちは喧嘩を買うことも許されないのか？」

「警察官だからな。だが……」

「だが、何だ？」

「今回だけは、俺は相楽の言うことに賛同する」

「相楽の言うこと？」

「あいつは、喧嘩を買ってやると言ったんだ」


午後九時になろうとする頃《ころ》、村雨から電話があった。

「相手は強気ですね。どうやら、防犯ビデオの映像を持っているらしいです」

「その映像を見たのか？」

「いいえ。提供してくれません。もし、裁判になったら証拠として提出するんだと言っています」

「裁判ということは、相手は臨海署を訴えるつもりなのか？」

「そう主張しています。臨海署の者と話はできないから、警視庁本部の者をよこせと言っています」

「訴えると言っているのは、店の従業員か？」

「カルロの雇われ店長です」

そこで、村雨は声を落とした。「どうも、誰かに言われてそうしているようですが……」

「その誰かというのは、おそらく篠崎だろうな」

「そう思います」

「店長の名前を聞いておこう」

「小倉隆英《おぐらたかひで》、四十六歳です」

「わかった。用が終わったら帰宅してくれ。他のみんなは帰った。俺も帰る」

「了解しました」

安積は電話を切ると、真島係長に言った。

「誰かに捕まらないうちに帰ろう」

真島係長はうなずいた。

「そうだな。帰って、首でも洗って待ってるか」

「しゃんとしろよ。俺たちは、間違ったことはしていない。反社会的な行為を取り締まろうとしただけだ」

「わかってる」


翌朝、電話で起こされた。

少しだけ頭が重い。前夜はどうにも状況に納得がいかず眠れないので、酒を飲みはじめたら少々飲み過ぎた。

喉《のど》が渇いていた。

臨海署からの電話だった。

「はい、安積」

「ああ、野村《のむら》だ」

野村武彦《たけひこ》署長だ。

瞬時に眼が覚めた。

「署長……」

「日曜に悪いが、署に来てくれないか。話を聞きたい」

「カルロの件ですか？」

「カルロ？　それが、君らが暴れた店の名前か？」

「事情を聞きにいって、少々揉め事がありましたが……」

「少々か？　十人以上をやっつけたと聞いたぞ」

「はあ……。相手はそれくらいいたかもしれません」

「とにかく、こっちに来てくれ。真島係長にも連絡してある」

「わかりました」

そう言うしかない。「これからすぐに出ます」

「署長室に来てくれ」

電話が切れた。

署長からの呼び出しは、予想していたとはいえ、さすがにただごとではない。安積は大急ぎで仕度をした。

緊張のために、二日酔いも吹っ飛んだ。

真島係長とともに署長室に着いたのは、午前九時頃のことだ。警察署は三百六十五日、二十四時間稼動しているが、日曜は事務方などの日勤が休みだし、手続きなどで訪れる一般人も少ないので、やはりがらんとしている。

野村署長は席で控えていた。

安積と真島係長の他に、榊原課長の姿があった。土曜の夜に引き続き、日曜の朝に呼び出され、課長は機嫌が悪そうだ。

野村署長が言った。

「現場にいた署員は、君たち二人だけじゃないだろう」

安積はこたえた。

「責任者は我々です」

「そういう話じゃないよ。誰がいたのか正確に知っておきたいんだ」

言いたくはなかったが、安積はこたえた。

「交機隊の速水小隊長と岡本、暴力犯係の古賀と前田、そして、強行犯第一係の黒木がおりました」

野村署長はうなずくと言った。

「さて、じゃあ最初から話してもらおうか」

13

安積が話しだそうとすると、それを制するように真島係長が説明を始めた。責任をかぶるつもりだろう。

その説明は簡潔だが、必要なことはすべて含まれていた。

話を聞き終えると、野村署長は腕組をしてしばらく考えた後に、質問を始めた。

「張り込みをしていたが、動きがなく、中の様子がわからないので、店を訪ねてみた……。そういうことだな」

真島係長がこたえる。

「はい」

「すると中には、篠崎の仲間が十人ほどいて、乱闘になったと……」

「乱闘というか、抵抗したので制圧しました」

「やり過ぎたんじゃないのか？」

「相手は十数人。こっちは七人。そのうちの一人は骨折して腕を吊《つ》っていたんです。やり過ぎということはなかったと思います」

「カルロの店長は、警察官が突然やってきて客に乱暴をはたらいたと言っている」

「先に手を出したのはやつらですよ。応戦しなければどうなっていたかわかりません」

野村署長は安積を見て言った。

「真島係長が言ったことに間違いないか?」

「間違いありません」

「真島係長が一人で店内の様子を見にいき、君たち六人は後から駆けつけたのだな?」

「そうです」

「なぜだ?」

「目的はあくまで篠崎の動きを見張ることでした。しかし、おそらく向こうも監視されていることに気づいていたのでしょう。まったく動こうとしなかった。店内の様子がわからなかったのです。そこで、真島係長が見にいったわけです」

「そういうことを訊《き》いているんじゃない。なぜ、君ら六人が駆けつけたのかと訊いているんだ」

「真島係長の身に危険が及ぶ恐れがあったからです」

「そして実際に相手が攻撃してきた……。そういうことか」

「はい」

「しかし……」

野村署長が溜《た》め息をついた。「訴えを起こされるなんて、うかつじゃないか」

真島係長が言った。

「篠崎は一筋縄ではいきません。そして、これ以上やつを放《ほう》っておくわけにはいかないんです」

「その場に、速水がいたんだな?」

野村署長が安積に尋ねた。

「いました」

「速水は青海埠頭《ふとう》で大立ち回りをやった。骨折したのはその時のことだろう」

「そうです」

「速水が仕返しに行って、それに君たちが手を貸したということじゃないのか？」

「違います」

そうこたえたのは真島係長だった。「我々は篠崎の行動を把握すべく張り込みをやっていたのです。速水小隊長は情報提供をしてくれたに過ぎません」

真島係長は、安積にこたえさせまいとしたようだ。安積が署長の言ったことをうっかり認めてしまうとでも思ったのだろうか。

野村署長が真島係長に尋ねる。

「……で、その篠崎なんだが、何とかなりそうなのか？」

「全力を尽くします」

「そういうこたえを聞きたいんじゃないよ。手こずっているんだろう？」

「正直に申し上げますと、かなり手強《てごわ》いです」

「聞くところによると、臨海署を挑発しているらしいじゃないか」

「はい……」

「それについて、どう対処するつもりだ？」

真島係長は言い淀《よど》んで安積を見た。

野村署長も安積を見た。

「売られた喧嘩《けんか》は買います」

安積は言った。「でなければ、警察が舐《な》められます」

榊原課長が目を丸くして言った。

「何を言うんだ。反社じゃあるまいし……。そういう態度だから訴えるなんて言われるんだ」

安積は野村署長を見たまま言った。

「それくらい腹をくくらないと、やつらには対処できません。平気で警察官に手を出すようなやつらなんです」

真島係長が言った。

「安積係長が言うとおりです。私の部下二人が病院送りになりましたし、カルロでは私が殴られました。やつらが先に手を出したというのは嘘《うそ》ではありません」

野村署長はしばらく安積と真島係長を交互に見据えていた。

やがて署長は言った。

「話はわかった。今日は以上だ」

「え……？」

榊原課長が意外そうな顔で署長を見た。「これで終わりですか？」

「日曜だしな。追って警務部から沙汰《さた》があるかもしれない」

「ですから、それまでに対策を講じておかなければ……」

「敵の出方がわからなければ、対策の講じようもないだろう」

「敵というのは警務部のことですか？」

「そうだ。うちの署員にイチャモンをつけようとするなら敵だろう」

野村署長はこういう人だ。

榊原課長が食い下がろうとする。

「しかし……」

「話はもうわかった。あとは、警務部がどう考えるかだ」

「はあ……」

榊原課長が困った顔でそうつぶやくと、野村署長が言った。

「二人とも行っていいぞ。俺《おれ》は帰って休日の残りを満喫するよ」


家族持ちの真島係長もすぐに帰宅した。

安積は帰る気になれなかった。

野村署長は沙汰を待てと言った。無罪放免というわけではないのだ。

臨海署を訴えると言うカルロの店長には腹が立った。これも篠崎の嫌がらせの一環に違いない。

だが、安積たちの側にも不手際があったことは事実だ。カルロはアウェーだ。そこで立ち回りを演じたのはまずかったかもしれない。

何かもっとうまい手があったのではないか……。

まあ、今さらそんなことを考えても仕方がない。あのときは必死だった。物騒な連中に囲まれており、敵はやる気満々だったのだ。

そんなことを考えながら、足が自然と強行犯第一係に向いていた。帰巣本能みたいなものだ。誰《だれ》もいないと思っていたが、黒木がいたので驚いた。

「何をしてるんだ？」

「書類仕事が溜まっておりまして……」

「そうか」

パソコンを開いているが、書類を片づけているふうには見えない。

「もしかして、俺や真島が署長に呼ばれたことを知っているのか？」

「いえ……」

それきり何も言おうとしない。寡黙なのはいいが、必要なことをしゃべらないのは困る。

「署長にはちゃんと事情を説明した」

ややあって、黒木が言った。

「昨日、係長たちが課長に呼ばれたので気になりまして……。今日も何かあるのではないかと思い、やってきました」

寮にいても落ち着かず、署に出てきてしまったのだろう。気持ちはわかる。

黒木の言葉がさらに続いた。

「カルロでのことは反省しています」

「反省することはない。やらなければやられていた。そういう状況だった」

「自分は腹を立てていました」

だから手加減できないなどと言ったのだろう。

「俺も同じだ。手加減できないとおまえが言ったとき、俺はしなくていいとこたえた。係長である俺が認めたんだ。つまり、責任は俺にある」

黒木は無言で何事か考えていた。

責任を感じているのだ。だから安積は言ってやった。

「警察官だからって、何でもかんでも我慢すればいいってもんじゃない」

黒木は驚いたように安積を見た。

「俺たちは毎日体を張っている。命を懸けていると言ってもいい。危険を冒して守っているものは何だと思う?」

「何ですか?」

「誇りだよ。そのためなら、クビになるくらい何だというんだ」

きっとこの場に須田がいたら、うれしそうに、そして少々照れ臭そうに笑うに違いない。

黒木は笑わなかった。

安積はさらに言った。

「どんなことになろうと、俺がおまえを責めることはない。それが信じられるのなら、寮に帰って休め」

黒木はパソコンのモニターを閉じると立ち上がった。

「失礼します」

彼はその場を去っていった。


翌日の一月二十七日月曜日、安積はまた真島係長とともに、課長に呼ばれた。

「どうやら警務部が動きはじめたらしい」

榊原課長の言葉に、安積は尋ねた。

「監察ですか？」

「そのようだ。これは聞いた話だが、監察はカルロ店内の防犯カメラの映像を入手しているらしい」

「俺たちを訴えると言っている店長が提供したのですね」

「そういうことだろうな」

そこで榊原課長は声を落とした。「監察では、特に黒木の動きを問題視しているらしい」

安積はきっぱりと言った。

「黒木の行動に問題などありませんでした。かかってくるやつらを制圧しただけです」

「そうかもしれんが、なにせ黒木は強いだろう」

「強いです」

「だから目立つんだ」

真島係長が質問した。

「問題視してるって、何か具体的なことを言われたのですか？」

「何も言われてはいない。すべてはまだ水面下で動いている」

「監察が防犯カメラの映像を持っているって、どこからの情報ですか？」

「人事一課に親しいやつがいるんだ。丸の内《まるのうち》署の警務課でいっしょだった。そいつがそっと耳打ちしてくれるんだ」

榊原課長は刑事畑ではなく総務・警務といった管理畑だ。

真島係長が、ちょっとだけほっとしたような顔になって言った。

「俺たちの行動が明らかに非違行為だったと言われたわけじゃないんですね」

「今、監察官室の連中は、その証拠を固めているんじゃないのか」

真島係長が顔をしかめた。

「どうも被疑者の気分だなあ……」

榊原課長が言った。

「監察官室は警察の警察だから、君らは間違いなく被疑者だよ」

「とにかく」

安積は言った。「監察が何を言おうと、黒木は間違ったことはやっていません」

「そうです」

真島係長が言った。「ヘタを打ったのは自分です」

榊原課長の顔色は今日も悪い。

「二人とも、しばらくおとなしくしていろ」

安積は尋ねた。

「それは、停職ということですか?」

公務員の懲戒は、「戒告」「減給」「停職」「免職」の四つの種類がある。停職は二番目に重い処分だ。

榊原課長が言った。

「俺に君らを停職処分にする権限はない。言葉どおりだよ。しばらく署内でおとなしくしているんだ」

安積も真島係長も「わかりました」と言うしかない。

課長席を離れて真島係長と安積はそれぞれの係の席に戻った。

黒木の姿はなかった。須田といっしょにどこかに出かけている様子だ。

村雨と桜井の姿もない。カルロの件で外出しているのだろう。係の島には水野だけが残っていた。

その水野が言った。

「カルロの件、村雨さんから聞きました」

安積はうなずいた。

「訴えを起こすと言っているらしい。監察官室が動きはじめたと課長が言っていた」

「篠崎の差し金でしょうか」

「当然そうだろうな」

「カルロの店長、洗ってみましょうか」

安積はしばらく考えてからこたえた。

「村雨たちがすでに洗っているかもしれない。連絡を取ってみてくれ」

「わかりました」

水野が警電の受話器に手を伸ばす。

正式に訴えると言われたら受理するしかないだろう。

「訴えなんて出させませんよ」と村雨は言っていたが、握りつぶすわけにもいかないだろう。

村雨は店長の小倉を説得できると思ってそう言ったのだろうが、篠崎の指示となれば、説得は難しいだろう。

訴えが認められたら、問題は法廷に持ち込まれることになる。そうなれば、監察官室というより訟務課の出番だろう。

マスコミの注目を集め、安積たち当事者らはただでは済まないだろう。黒木を守るつもりでいたが、自分の身も危ないのだ。

昨日は黒木に啖呵《たんか》を切ったが、正直に言うと懲戒は恐ろしい。

電話を切ると、水野が言った。

「村雨さんは、カルロのマスターと話し合っていて、何とか訴えを考え直すようにと説得しているようです」

「そうか」

「今から私も合流しようと思いますが……。村雨さんたちといっしょに、マスターの小倉を洗ってみます」

「行ってくれ」

水野が外出の用意を始めた。

彼女が刑事組対課の部屋を出ていくと、一人係に取り残された恰好《かっこう》になった。今日は相楽班の姿もない。

誰かがいるときには、できるだけ毅然《きぜん》としていたが、一人になるとがっくりと全身の力が抜けた。

まったく意識していなかったが、心労に体力を奪われているようだ。

こんなことではいけない。安積は自分に言い聞かせた。負けてたまるか。篠崎にも監察官室にも。

14

その日の午後一時過ぎに、安積はまたしても署長に呼ばれた。

警務課で署長に呼ばれたことを告げていると、そこに真島係長がやってきた。

安積は言った。

「この二人が呼ばれたってことは……」

真島係長が顔をしかめる。

「ああ。いよいよ監察が何か言ってきたか……」

そのとき、警務課の署長秘書担当が安積に告げた。

「署長室にどうぞ」

安積と真島係長が入室する。榊原課長の姿はない。その代わりに、見たことのない人物がいた。

年齢は六十歳を超えているだろう。日焼けしているのはゴルフのせいだろうか。そういうタイプに見えた。

つまり、金と時間があるタイプだ。恰幅《かっぷく》がいいが、だらしなく太っているわけではない。

野村署長は、その人物と来客用のソファで向かい合っていた。

安積と真島係長を見ると、野村署長は言った。

「ああ、君らもこっちに掛けてくれ」

来客用のソファに座れということだ。

安積は、二人から少し距離を置いて座った。真島係長が安積の隣に腰を下ろした。

野村署長が言った。

「こちらは、新藤進《しんどうすすむ》さん。不動産業で、最近臨海署の管内に進出してきたので、ご挨拶《あいさつ》にみえたそうだ」

「進出」や「ご挨拶」という言葉に、安積は違和感を覚えた。

たしかに、新たな地域で事業を展開することを進出と呼ぶことがあるが、野村署長の言葉のニュアンスはそれとはちょっと違うように感じられた。

そして、不動産業者が管内で商売をするからといって、警察署に挨拶に来る必要などない。

安積は真島係長の顔をうかがった。真島係長も怪訝《けげん》そうな表情だった。

野村署長が新藤に、安積と真島係長のことを紹介する。

新藤が言った。

「そうですか。強行犯係に暴力犯係の係長さんですか。新藤です。よろしくお願いします」

すると、真島係長が言った。

「ええと……。何をどうよろしくすればいいんでしょう」

野村署長がこたえた。

「新藤さんは、警察に協力を惜しまないとおっしゃっている」

安積は言った。

「それはありがたいお話ですが……」

野村署長はありがたく思っていないようだ。どうも、話の流れが理解できない。

「私はですね……」

新藤がにこやかに言った。「警察の方々と、ウインウインの関係を築きたいんですよ」

真島係長が聞き返す。

「ウインウイン……」

「はい。このところ、臨海署は面倒事を抱えておいでのようじゃないですか」

真島係長が野村署長の顔を見た。署長が何も言いそうにないのを確かめてから、真島係長が言った。

「警察署ってのは、年がら年中面倒事を抱えているんですよ」

「半グレに手を焼いておられるのではないですか？」

安積と真島係長は顔を見合わせた。それから安積は野村署長を見た。

野村署長が言った。

「地域の治安維持に寄与できる。新藤さんはそうおっしゃっている」

真島係長が慎重な口振りで言った。

「どうも、おっしゃっていることの意味がよくわかりかねますね」

新藤が相変わらずの笑顔で言った。

「江戸時代の司法組織を考えてみてください。江戸の町を取り締まっていた町奉行所は、ご存じのとおり、北町奉行所と南町奉行所がありました」

何の話だろう。安積は、まだ話の先が見えず戸惑っていた。真島係長も同じように感じている様子だ。

野村署長はだんだんと機嫌が悪くなっていくように見える。

新藤の話が続く。

「奉行の下に与力《よりき》、そしてその下に同心《どうしん》がいて江戸の町の犯罪を捜査し、治安を守っていたわけです」

真島係長が言った。

「最近はテレビで時代劇をやらなくなったんで、若い連中は与力だの同心だのと言ってもわからないんじゃないかね」

たしかに時代劇を見る機会は昔に比べたらずいぶんと減ったような気がする。その一方で、時代小説は人気だという話を聞いたことがある。

需要がないわけではないのに、時代劇のドラマは放映されなくなった。それはなぜなのだろう。

安積はそんなことを考えながら、新藤の話を聞いていた。

「与力は南町奉行所と北町奉行所に、それぞれ二十五人いたそうです。同心は百人ずつ。江戸には五十万人が住んでいた。それをたった二百五十人の与力・同心で取り締まっていたわけです」

真島係長が言った。

「そう言われても、ぴんと来ないな……」

「今、東京都の人口は約一千四百万人。警視庁の警察官と職員が五万人ほどですから、警察官及び職員一人当たり三百人ほどを見ている計算になりますが、江戸時代だと一人当たり二千人の町民を担当していることになります」

「それはえらいことだな……」

「さらに言うと、犯罪捜査に当たっていたのは、三廻《さんまわり》の同心です」

「さんまわり？」

「定町廻《じようまち》、隠密廻《おんみつ》、臨時廻の三つの同心のことを言います。この三つを合わせても三十人ほどの同心しかいなかったのです。それで江戸の町を守っていたのです」

「そいつは不可能だな……」

「ですから、武官の先手組《さきてぐみ》が、火付盗賊改方《ひつけとうぞくあらためかた》として取り締まりに当たったりしたわけです」

「あ、鬼平《おにへい》」

「そうです。鬼平こと長谷川平蔵《はせがわへいぞう》は、火付盗賊改方でした。しかし、それでもとてもではないが手が足りない。そこで、同心は目明《めあか》しを自費で雇っていたのです。目明しは岡っ引《おかぴ》きとも言われました」

「銭形平次《ぜにがたへいじ》だな」

「そうです。時代劇でお馴染《なじ》みのように、岡っ引きは公儀から十手《じつて》を預かり、同心を助けて犯罪捜査をし、地域の治安維持を担っていたんです」

「ははあ……」

真島係長が言う。「何をおっしゃりたいかわかった気がする」

安積はまだわからない。

真島係長の言葉が続く。

「マルBが、たまにそういうことを言うんだ。岡っ引きってのはヤクザ者だったって……。だから銭形平次も、人形佐七《にんぎょうさしち》も『親分』と呼ばれるんだ。マルBも承認欲求を持ってるんだな。つまりさ、昔はヤクザもちゃんと治安維持の一翼を担っていたんだと言いたいわけだ」

「それが事実ですよ。岡っ引きがいなけりゃ江戸の町の治安は守れなかったんです」

安積にもようやく話が見えてきた。

真島係長が言った。

「ウインウインってのは、つまりは、岡っ引きのように治安維持や犯罪捜査に手を貸すから、おたくのやることに、警察は目をつむれということかい?」

「目をつむれとは申しておりませんよ。ただ、いろいろと相談に乗ってもらえれば、と思っておりまして……。治安がいいと、私どもにもメリットがありまして……」

「メリット?」

「はい。治安がいい地域の不動産は価値が上がりますので……」

そうか。新藤は不動産業者だと言っていた。

安積は尋ねた。

「治安維持に手を貸すとおっしゃいましたが、具体的にはどのようなことができるのですか?」

新藤は安積を見て、また笑みを浮かべた。

「土曜日の夕方のことを思い出してください」

カルロにいた時間だ。

安積は思わず聞き返した。

「土曜日の夕方……？」

「はい。お二人はカルロという飲食店においでででしたね？　そこで、バイクと車の集団に取り囲まれたでしょう」

安積は思い当たった。

「そのバイク集団を追い払ったのが……」

「そう。私です。私にはそういう力があります」

「なぜだ？」

真島係長が尋ねた。「どうしてそんな力があるんだ？」

新藤は笑顔のまま真島係長に視線を移す。

「それはおいおいご説明しますよ。まあ、今日のところはご挨拶にうかがっただけですので……」

「江戸時代とは違います」

それまで黙ってやり取りを聞いていた野村署長が言った。「臨海署には、優秀な捜査員や勤勉な署員がたくさんいます。岡っ引きは必要ない」

新藤は野村署長に笑顔を向ける。だが、その眼《め》は笑っていないと、安積は思った。

「部下の皆さんを信頼されるのはとてもよろしいことだと思います。しかし……」

新藤は間を取った。「半グレは、なかなか手強いのではないですか?」

「あなたは、その手強い半グレに対処できるとおっしゃるのですね?」

「ここにおられる安積係長と真島係長は、実際にその眼でご覧になっているはずです」

「それについちゃあ……」

真島係長が言った。「礼を言わなきゃならないかもしれない。危ないところを助けてもらったことになる」

「いやいや……」

新藤が鷹揚《おうよう》に言う。「礼など必要ありません。ですが、警察に協力したいという気持ちが嘘ではないということをご理解いただきたいです」

野村署長が言った。

「協力はいつでも大歓迎です」

新藤はうなずくと言った。

「さて、お忙しいところ、お時間をいただきありがとうございました。今日はこれで失礼しますが、またいずれお目にかかることになると思います」

新藤が立ち上がると、野村署長も立ち上がった。そうなると、安積と真島係長も立ち上がらざるを得ない。

三人に見送られ、新藤は署長室を出て行った。

勢いよくソファに座ると、野村署長が言った。

「バイクの集団の話は聞いていないぞ」

真島係長が言った。

「バイクだけでなく、四輪もいました」

「カルロを囲んでいたって？」

「ええ。店の中の連中も息を吹き返しつつありましたし、バイクや四輪の援軍がやってきて、自分らは万事休すだったんです」

「そのバイク集団を、新藤が解散させたのか？」

真島係長が安積を見た。

安積は発言した。

「新藤さんは、この眼で見たはずだと言っていましたが、我々は目撃したわけではありません。見ていたのは相楽です」

「新藤にさん付けすることはない」

「はい」

「相楽も現場にいたのか？」

「彼は向かいのビルにいました」

「賢明なやつだ。それで？」

「年配の男が、バイクと四輪の集団を追い払ったそうです」

「それが新藤だというんだな？」

「その人物を目撃したのは相楽だけなので、彼に訊かないと断言はできません」

野村署長は、ふんと鼻を鳴らしてから言った。

「二人とも突っ立ってないで、座れ」

言われたとおり、安積たちは再び腰を下ろした。まだ話は終わらないようだ。

野村署長が確認を取るように言った。

「管内で起きている一連のいざこざは、篠崎という半グレのせいだと、二人は考えていたわけだな？」

安積はこたえた。

「そう考えておりました」

「それは、臨海署に対する挑発行為であり、挑戦だと感じたわけだな」

野村署長はごまかしや曖昧《あいまい》なこたえを許さないだろう。

安積はこたえた。

「そう感じていました」

「交機隊の速水小隊長が怪我《けが》をしたのも、篠崎のせいだな？」

「はい」

「……で、君らはカルロに乗り込んで行った……」

「いや……」

真島係長が言った。「カルロに様子を見にいくと言ったのは自分でして……」

「そういう話をしているんじゃない」

野村署長はぴしゃりと言った。「篠崎の挑戦にこたえようとしたのかと訊いているんだ」

真島係長が言い淀んだので、安積はこたえた。

「はい。おっしゃるとおりです」

「わかりやすく言ってくれ」

「昨日も言いましたが、売られた喧嘩は買う。その覚悟でいます」

「それは警察官の言うことではない。自覚しているのか？」

「しています。その上で、警察に喧嘩を売るような行為は間違いだと知らしめる必要があると考えています」

真島係長が少々慌てた様子で言った。

「いや、安積。それは……」

言い過ぎだと言いたいのだろう。

すると、真島係長の発言を遮るように、野村署長が言った。

「そいつを、あらためて聞いておきたかったのさ」

「は……？」

真島係長が目を丸くして野村署長を見た。

野村署長が続けて言った。

「警察は舐められたら終わりだよ。だからといって、強権的になるのはだめだ。警察国家なんぞろくなもんじゃない。あくまでも、一般市民には親身になり、悪いやつらには徹底的に厳しくする。そのメリハリが重要なんだ」

真島係長はぽかんとしているが、安積には野村署長の言うことがよくわかった。

「安積係長よ。おまえさん、その上で喧嘩を買うと言ってるんだな?」

「そうです」

安積はこたえた。「相楽も同じようなことを言っていました」

「へえ」

野村署長が笑った。「あの相楽がね……」

「じゃあ……」

真島係長が言った。「署長は、喧嘩を買っていいとおっしゃるのですか?」

「いいさ。腹をくくると言ったな。じゃあ、そうしろ」

「はっ……」

「そして、相手を間違えないことだ」

安積はうなずいた。

「篠崎が黒幕だと思っていましたが、やつの目的がわかりませんでした。我々と敵対するのは、篠崎の意思ではないかもしれないと、速水が言っていました。つまり、篠崎の背後にさらに誰かいるということでしょう」

「それがあの新藤なんじゃないのかい？」

「おそらくそういうことでしょう」

「つまり……」

真島係長が言う。「本当の喧嘩の相手は、新藤進だということですね」

野村署長が言った。

「そいつをちゃんと確かめるんだ」

安積と真島係長が、「わかりました」と声をそろえた。


署長室を出ると真島係長が言った。

「喧嘩していいと、署長のお墨付きがもらえるとはな……」

「腹をくくれと言っていた」

「とにかく、新藤を洗ってみよう。いかにもマルBっぽかったからな……」

「それは任せる。俺たちは引き続き、篠崎を追ってみる」

「わかった」

二人はそれぞれの席に戻った。

須田と黒木が戻っていた。須田が心配そうに言った。

「署長に呼ばれていたんですよね？　カルロの件ですか？」

「いや、そうじゃない。どうやら本当の黒幕が現れたようだ」

須田と黒木が顔を見合わせた。須田が聞き返す。

「本当の黒幕ですか？」

「新藤という不動産業者だ。もっとも、不動産業者は表向きかもしれない」

「フロント企業ですか？」

「それは、真島係長が洗う」

「つまり、篠崎のバックにその新藤とかいうやつがいるということですか？」

「その確認を取らなければならない」

「あ、了解です」

安積は黒木を見た。

やはり表情は読めない。しかし、少なくとも自己嫌悪に陥っているような様子ではない。

安積は、再び席を立ち、交機隊の分駐所に向かった。

速水は安積を見ると言った。

「よう。昨日今日と、署長に呼ばれているらしいな」

「監察が動きはじめたということだ。だが、今日呼ばれたのはそのことじゃない」

「そのことじゃない？」

「カルロでバイク集団に囲まれた」

「ああ。あのときはヤバかったな。また病院送りかと思った」

「そのバイク集団を解散させた人物がいた」

「そうらしいな」

「それらしい人物が署長室に来ていた」

速水は眉《まゆ》をひそめる。

「何者だ？」

安積は署長室でのやり取りを伝えた。

話を聞き終えると速水が言った。

「不動産屋？　どこか他の地域から臨海署管内にやってきたということだな？」

「そうだ」

「篠崎と同じだな」

「篠崎が今やっていることは本人の意思ではないのかもしれないと、おまえは言っていたな？」

「ああ……。つまり、篠崎の後ろにその新藤ってやつがいたってことか？」

「それをこれから調べる」

「新藤というやつに言われて騒ぎを起こしていたとしたら、あいつの態度にも納得がいく。篠崎は本来、人に命じられて動くようなやつじゃない」

「じゃあ、なぜやっているんだ？」

「わからない。弱みを握られているか、あるいは……」

「あるいは？」

「その新藤に、よほどおいしいことを言われているか、だ」

「おいしいこと?」

「篠崎にメリットがあることだ。例えば、シマをもらえるとか……」

シマというのは反社の社会で、支配権を持つ地域のことだ。

「半グレがシマをほしがるのか?」

「いつまでも、半端なことはやっていられないだろう」

「暴対法があるんだ。好き勝手はやれない」

安積が言うと、速水が尋ねた。

「その新藤というのは、マルBなのか?」

「それは真島が調べている」

「しかし……」

速水が言った。「署長室に乗り込んで来るなんて、ふざけたやつだな」

「言っていることもふざけている。警察とウインウインの関係を築きたいと……」

「それで?」

「署長は、喧嘩をするなら、腹をくくれと言っていた。そして、相手を間違えるなと」

速水がにっと笑った。

「さすがは野村署長だな」

「署長は俺と真島に言ったんだ。おまえは、署長の部下じゃない」

「なぜベイエリア分駐所と名乗っているんだ。心は臨海署にあると言ってるだろう」

喧嘩となれば、こいつは必要不可欠だ。安積はそう思ってうなずいた。

15

午後四時を過ぎた頃《ころ》、村雨と水野が戻ってきた。

安積は尋ねた。

「桜井はどうした？」

「カルロを見張っています」

「篠崎の仲間に見つかると面倒だぞ」

「向かいのビルから監視しているので、心配ありません」

相楽が陣取っていたビルだろう。

「そうか。それで……？」

「店長の小倉は、訴えると言って聞きませんね」

村雨は渋い顔だ。安積は尋ねた。

「本人が腹を立てているのか？　それとも篠崎に言われて仕方なくやっているのか？」

「篠崎に言われてのことでしょう。しかし、警察が店に出入りしたことに腹を立てているのはたしかです」

「おまえが話をしている間、店には他に誰《だれ》かいたのか？」

「客がちらほら……。自分らの会話がその客に聞こえていたとは思えませんが、小倉は気にしている様子でした」

「その客というのは、篠崎の仲間だな？」

「確認していませんが、間違いなくそうでしょうね」

「小倉はそいつからプレッシャーをかけられているわけだ」

「はい」

「篠崎とその仲間を排除しない限り、小倉は訴えを引っ込めようとはしないだろうな」

村雨の表情がますます渋くなる。

「そういうことですね」

「小倉はどんなやつなんだ？」

その問いにこたえたのは水野だった。

「犯罪歴はありません。組対、生安、いずれも小倉をマークしてはいません。もちろん、刑事課でも……」

安積は言った。

「だが、真っ白なわけじゃないだろう。篠崎みたいなやつが入り浸っている店の店長なんだ」

「コロナのせいらしいです」

そんな話を聞いたことがある。

「たしか、福智がコロナの話をしていたな」

「福智？」

「スナックちとせで暴れた三人組の中の一人だ。マルティニの件で身柄を取ったときに話を聞いた。カルロはコロナ以来客足が途絶えていたが、篠崎が仲間を大勢連れてくるんでなんとかもっていると言っていたが……」

水野はうなずいた。

「どうも、そういうことのようです」

「持ちつ持たれつというわけか」

すると村雨が言った。

「いや。止《や》むに止まれずと言ったほうがいいでしょう。小倉は好きで篠崎と付き合っているわけじゃなさそうです。できれば縁を切りたいんじゃないですかね」

「だが、縁を切ったら店が立ち行かなくなるんじゃないのか？」

「コロナの影響もなくなりました。小倉にしてみれば、篠崎ときっぱり手を切って、再スタートを切りたいところなんじゃないですかね」

「村雨さんの言うとおりだと思います」

水野が言った。「カルロは、コロナ前はそれなりに流行《はや》っていたんです。篠崎たち半グレの客がいなくなれば、当時の客も戻ってくるでしょう」

「なるほど……。しかし、当面は篠崎がカルロからいなくなることはなさそうだ。だから、小倉は訴えると主張しつづけるわけだな」

村雨が小さく溜《た》め息をついた。

「そうですね。申し訳ありません」

「おまえが謝ることはない」

「訴えなんて出させないと、見得を切っちまいましたから……」

「小倉は篠崎を恐れている。説得ができない理由はそれだ」

「しかし、どうすれば篠崎を排除できるのかがわかりません」

「もし、篠崎が誰かの指示でお台場に戻ってきたのだとしたら、その影響力をなくすことで、篠崎を排除できるかもしれない」

村雨と水野は怪訝《けげん》そうに顔を見合わせた。

村雨が尋ねた。

「それ、どういうことです？」

安積は、新藤進の話をした。

話を聞き終えた村雨が言った。

「ふざけたやつですね。署長は何と……？」

「喧嘩《けんか》を買うなら、腹をくくってやれと言った」

水野が驚いた顔で言った。

「喧嘩を買うことを認めたんですか？」

「ああ。喧嘩の相手を間違えるなとも言っていた」

村雨が言った。

「それって、本当の喧嘩の相手は篠崎じゃなくて新藤だってことですね？」

「俺《おれ》はそう思っている。だが、当面目の前にいるのは篠崎だ。あいつが最前線で仲間を動かしている」

「まずは、篠崎と戦わなければならないということですね？」

「そうだ。あいつの脅威を取り除かない限り、小倉は訴えを引っ込めようとはしない」

「わかりました。……で、新藤のことを須田たちは知っているんですか？」

「伝えている。桜井にも伝えてくれ」

「了解しました」

安積は時計を見た。午後五時になろうとしている。

「これからカルロに行って、俺も小倉に会ってみようと思うが……」

村雨がかぶりを振った。

「やめたほうがいいです」

「なぜだ？」

「夕方になると、篠崎の仲間が店に集まってきます。篠崎本人もやってくるかもしれません。危険ですし、そうなれば小倉と話をするどころじゃなくなります」

「そうか……」

「話を聞きにいくなら、昼間のほうがいいです」

なるほど、村雨の言うとおりだろう。

「わかった」

安積はそうこたえた。


その後、日が暮れるとまず、須田と黒木が戻ってきた。それからほどなく桜井も戻り、安積班が顔をそろえた。

午後八時頃、安積の携帯電話に真島係長から連絡があった。

「うちの若いのが、篠崎を見つけた」

「どこだ？」

「樽駒だ。篠崎が姿を見せたんだ」

「あんたもそこか？」

「今向かっている」

「わかった。俺たちも行く」

電話を切ると安積は、係員たちに言った。

「真島の部下が、樽駒に現れた篠崎を発見した」

全員が一斉に立ち上がる。

出入り口に急ぐ安積に、水野が言った。

「篠崎の目的はマルティニでしょうね」

「とにかく急ごう」

十五分後、安積班は樽駒に到着した。

店の前で、古賀と前田が篠崎と対峙《たいじ》していた。それを真島係長が見つめている。

安積は真島係長に尋ねた。

「どうなってる？」

駆け足でやってきたので、息が切れてうまくしゃべれない。

「篠崎はうごかない。うちの若いのをばかにするような眼《め》で見ているだけだ」

「あいつは何をしにここに現れたんだ？」

「本人は、酒を飲みにきただけだと言っている」

「あいつをマルティニに近づけるわけにはいかない」

「わかってる。だから、うちの古賀と前田が足止めしているんだ。職質という口実でな」

「あ……」

安積はあらためて、篠崎と古賀たちを見た。「これは、職質をしている最中なのか？」

「そう見えないか？」

「見えないな。どう見ても睨《にら》み合いだ」

篠崎がふと安積たちの方を向いた。彼の眼が黒木を捉《とら》えた。すぐに眼をそらしたが、彼が黒木を意識しているのは明らかだった。

黒木はやる気まんまんに見えた。臨戦態勢だ。

実際、篠崎に太刀打ちできるのは黒木しかいない。安積はそう思った。

篠崎が小さくふんと鼻で笑った。

それから、古賀や前田との間合いを外し、その場から去ろうとした。

真島が言った。

「ずいぶん俺たちを舐《な》めてくれているようだがな。そのうち後悔することになるぞ」

篠崎は一瞬足を止めたが、すぐに歩き出した。彼は振り向きもせずに去っていった。


真島係長がふうっと大きく息を吐く。

古賀と前田が真島係長のもとにやってきた。古賀が言った。

「検挙しなくていいんですか？」

真島係長がこたえた。

「なんの罪状で検挙するんだ？」

「そりゃあ……」

古賀と前田が顔を見合わせる。「あいつの手下が速水さんに怪我《けが》をさせたり、係長を殴ったりしたじゃないですか」

「あいつがやらせたという証拠がない」

「ここに現れたのは、マルティニに何かしようと考えたからじゃないですか？」

「だがまだ何もしていない」

前田がむっとした調子で言った。

「じゃあ、自分ら何もできないんですか？」

「何事も起きなかった。事件を未然に防げたということだ。それでいい。なあ、安積係長」

安積はうなずいた。

「真島係長の言うとおりだと思う。何もできないわけじゃない」

「そうだ。攻めるなら本丸なんだよ」

古賀が尋ねる。

「それ、どういうことですか？」

「わかってるだろう？　新藤だよ」

古賀と前田はそれを聞いて納得した様子だった。新藤についてはすでに説明済みのようだ。

安積は真島係長に言った。

「まだマルティニの周辺を警戒してくれていたんだな」

「ああ。反社ってのは執念深いんでな。おたくの須田や水野も手伝ってくれているよ」

「今日、この後は？」

「古賀と前田はマルティニが帰宅するまで見張っている」

すると、水野が言った。

「私と須田君も残ります」

安積はうなずいた。

彼らを残して、あとは署に引きあげることにした。

その翌日、ついに監察官室が動いた。

午前十時に、安積は署長に呼ばれた。署長室を訪ねると、そこにはすでに真島係長の姿があった。

野村署長が二人に言った。

「監察官室から、君らに事情を聞きにくるそうだ」

真島係長が尋ねた。

「監察官が来るということですか？」

「いや。監察官室員だろう」

監察官はみな警視以上だ。監察官室の室員はもっと階級が下で、監察官の指示でさまざまな調べを行うのだ。

野村署長が言葉を続けた。

「だからといって油断はできんぞ」

油断するつもりはない。

真島係長が言った。

「何か注意することはありますか？」

「へたに隠し事をするな。嘘《うそ》をつくな。隠し事も嘘もいずればれる。だったら、最初からしゃべったほうが心証がいい」

もっともだ。だが、人間はなかなかそのもっともなことができない。

それから程なく、署長室を四人の男が訪ねてきた。いずれも三十代後半から四十代のはじめといった年齢だ。

紺色の背広を着て、きちんと整髪している。刑事などとは違った雰囲気を持っていた。監察官室員の多くは公安の出身者だと聞いたことがある。彼らもそうかもしれないと、安積は思った。

四人の中の一人が言った。

「安積剛志係長、ならびに真島喜毅係長からお話をうかがいたく存じます」

野村署長がこたえた。

「ここにいる二人がそうだ」

「では、場所を貸していただけないでしょうか」

「警務課に言って、好きな場所を使ってくれ」

「取調室をお借りします」

「だめだ」

野村署長が即座に言った。

「好きな場所を使うようにとおっしゃいませんでしたか?」

「君らは何をしにきたんだ?」

「事情をうかがいに参りました」

「うちの大切な係長を被疑者扱いすることは許さない」

相手は表情を変えない。こういうやり取りに慣れているようだ。

「被疑者ではありません。どういう状況だったのかをうかがうだけです」

「だったら、取調室でやる必要はない。そうだろう」

「おっしゃるとおりです」

結局、警務課が小さな会議室を二つ押さえた。安積と真島係長は別々に話を聞かれるのだ。

安積は二人の監察官室員と向かい合った。そのうちの一人は野村署長と話をしていた男だ。彼が一番格上なのだろう。

その男が言った。

「では、お話をうかがいます」

安積は言った。

「官姓名を教えてくれないのですか？」

男は冷ややかな口調で言った。

「刑事が被疑者を尋問するとき、人間関係を構築するために、名乗ることが多いらしいですね。しかし、我々は逆にできるだけ人間関係を作りたくないのです」

身内を裁く立場なら、当然そうなるだろう。安積はうなずいた。

「わかりました」

「うかがいたいのは、一月二十五日にカルロという飲食店において何が起きたのか、です」

「はい」

「あなたは、カルロにいましたね?」

「おりました」

「そこで何をしていましたか?」

「張り込みです」

安積は、あの日のことを順を追って説明した。

被疑者ではないと、目の前の監察官室員は言ったが、まるで取り調べだと安積は思った。

隣の男はパソコンで安積の供述を記録していく。海外ドラマではよく、こういう場合にビデオを回すシーンを見かけるが、彼らはビデオを使わないのだなと、安積は思った。

監察官室員は言葉を挟まず、安積の話を聞いていた。時折ノートにメモを取る。

話を聞き終えると彼は、現場にいた警察官の氏名を確認した。安積はありのままをこたえた。

「強行犯係の黒木和也《かずや》があなたといっしょにいた。間違いありませんね」

「間違いありません」

なぜ黒木のことを尋ねるのだろう。それが気になった。

監察では、特に黒木の動きを問題視していると、榊原課長が言っていた。どうやらそれは本当らしい。

「黒木和也はあなたの部下ですね?」

「そうです」

「では、カルロではあなたの指揮下にあったということですね?」

「そのとおりです」

「あなたから見て、そのときの黒木和也の行動はどうでした？」

質問の意図がわからない。

「どうというのは？」

「彼の行動についての評価です」

「評価？」

「例えば、黒木和也はあなたの指示にちゃんと従っていたか、とか……」

黒木が暴走したかどうかということだろうか。

「私の指示には従っていました」

「今回、カルロの店長が警察を訴えると言っていることは知っていますか？」

「知っています」

「先方から店内の防犯カメラの映像が提供されました」

「それが何か？」

「黒木和也が、カルロの客に対して暴行を加えた疑いがあります」

「説明したように、カルロの客というのは篠崎という半グレの仲間です」

「客すべての身元がわかっているのですか？」

「そういうわけではありません」

「人定《じんてい》はできていないのですね？」

「客の人定はしていません」

「ならば、彼らが反社会的勢力の仲間かどうか証明できませんね？」

これがこういう連中のやり方だ。

誰が見ても明らかなことに証拠が必要だと言い張るのだ。

彼の言っていることは正しい。安積も警察官だから証拠の重要さはよくわかっている。正論だから反論もできない。

だが、安積には自分たちが正しかったこともわかっている。

「客たちがどういう連中か、知っている人がいます」

「誰です？」

「我々を訴えると言っているカルロの店長です」

「それは理屈が通りません。客が反社会的勢力で、それを制圧しようとしたのなら、店長が警察を訴えようとするはずがありません」

「カルロの店長は、篠崎に逆らえないんです。言いなりになるしかありません」

「それで警察を訴えようとしているのだと……」

「はい」

「それを証明できますか？」

「我々が証明する必要はありません」

「どういうことです？」

「それを調べるのがあなたがたの仕事じゃないですか」

監察官室員は押し黙った。

16

長い沈黙の後、監察官室員は言った。

「反社会的勢力とカルロの店長の関係を調べろと……」

「はい」

「どうしてそんな必要があるのです？　我々はカルロの店長が言うように、あなた方、特に黒木和也が客に対して暴行をはたらいたかどうかが知りたいのです」

「私たちが取り調べをするときは、被疑者に潔白を証明しろとは言いません。証明するのは我々刑事の仕事です」

「アリバイを尋ねたりはするでしょう。それは被疑者に潔白を証明させることじゃないのですか？」

「被疑者の主張を聞き、アリバイを調べ、証明するのは捜査員です」

「ですからこうして、あなたがたを調べているのです」

「これは調べではありません」

「では、何だと言うのです？」

「言いがかりです」

「言いがかり……」

「暴対係の真島係長が体を張ってカルロの中にいる篠崎の動向を探りに行きました。危険だと判断して、我々はカルロに駆けつけた。実際に危険な状況でした」

「我々というのは誰のことですか?」

「私と黒木。それに、交機隊の速水小隊長と岡本」

「真島係長が店の客を挑発しにいったのではないですか?」

「そんな事実はありません。様子を見にいっただけです」

「しかし、結果的に挑発することになったとは思いませんか?」

「思いません。しかし、万が一そうだったとしても、それは真島係長にとって必要なことだったのだと思います」

「必要なこと?」

「真島係長はマル暴です。常に一筋縄ではいかない反社を相手にしている。反社を検挙するというのは、きれい事では済まないのです」

「だからといって、法を犯していいということにはなりません」

「我々は法に従っていては市民を守れないという状況に遭遇することがあります。そういう場合には違法であっても人々を守ることを選択します」

「それは聞き捨てなりませんね。警察官が法を逸脱することを認めたということになります」

「それが正義だと信じれば、やります」

「法を逸脱したら、それはもう正義ではありません」

「いいえ。そこにも正義はあり得ます。マル暴も強行犯係も、そういう世界だと思っています」

「黒木和也もそういう考え方なのでしょうか?」

「知りません。確認したことがありませんので。しかし、これだけは言明できます。カルロでは黒木は私の指示に百パーセント従っていました。つまり、彼が何をやろうと、責任は私にあります」

監察官室員は、うなずいてから言った。

「わかりました。今日のところはこれくらいにしましょう。追って連絡します」

「もう当日の状況は話しました。これ以上話すことはありません」

「だといいのですが……」

「もう行っていいですね?」

「はい」

安積は立ち上がった。

その時、監察官室員が言った。

「名乗っておきます。相馬《そうま》義継《よしつぐ》警部補です。ちなみに、よしつぐのよしは、正義の義の字です」

安積が相馬から解放されたのは、午前十一時頃のことだった。席に戻ると、村雨に言った。

「カルロに行ってくる」

「一人でですか?」

「黒木を連れていく」

「監察が来ていたんでしょう？」

「どうして知っているんだ？」

「こういうことはすぐに噂《うわさ》になります。小倉が訴えると言っている件ですね？　カルロに行っていいんですか？」

「まだ訴えられていない。今なら別に問題ないだろう」

「そうですかね……」

「とにかく行ってみる。黒木、いっしょに来てくれ」

黒木はしなやかな身のこなしで即座に立ち上がった。


カルロを訪ねると、小倉は開き直ったように堂々としていた。迷惑そうな顔すらしない。

小倉に話を聞こうとして、店の奥に篠崎がいるのに気づいた。

安積は篠崎から眼をそらし、小倉に言った。

「俺たちを訴えようとしていることは聞いた」

「客に暴力を振るわれたんだ。店の責任者として当然の措置でしょう」

「それについてはこちらにも言い分がある」

「ほう……。どんな言い分です？」

「俺たちはやるべきことをやった。そして、これからもやるべきことをやる」

小倉は嘲笑《ちょうしょう》を浮かべる。

「そんな言い分は通りませんよ」

「一つ忠告しておく」

「何です？」

「どっちにつくか間違えると取り返しのつかないことになる」

「どういう意味です？」

「よく考えてみることだ」

黒木が身構えるのがわかった。

見ると、篠崎が近づいてくる。

何かを言いにきたのかと思ったら、カウンターにもたれて黙っている。安積たちから二メートルほどの距離だ。

正面の酒瓶の棚を眺めている。

とたんに、小倉が落ち着かなくなった。どうやら篠崎は安積たちに用があったのではなく、小倉にプレッシャーをかけたかったようだ。

そして、それは充分に効果があった。小倉とはこれ以上話ができそうにない。

安積は篠崎に言った。

「警察を敵に回して勝てると思うか？」

篠崎はこたえない。相変わらず酒瓶の棚を眺めている。

「速水が、おまえはやりたくてやっているのではないという意味のことを言っていた。もし、そうなら、今のうちにお台場から出ていけ」

篠崎がゆっくりと安積のほうを見た。その眼からは何の感情も見て取れない。

黒木は落ち着いている。むしろ、リラックスしているように見える。だが、それが彼の本気の構えであることを、安積は知っていた。

本気になるとむしろ闘気がなくなる。気配を消すのだ。

篠崎が言った。

「警察に勝てるかって？　もちろん、勝てる」

安積は言った。

「警視庁には四万人、全国には二十六万人の警察官がいる。勝てるはずがない」

「警察官には法の縛りがある。一方、俺たちは好きなときに好きなことができる」

「その法律でおまえを拘束して罰することができるんだ」

「さっき、速水の話をしたな。その速水がどうなったか、忘れたのか？」

「忘れてはいない。だから、俺は本気だ」

「俺たちは、一般人全員を人質に取っているようなものだ。いつでもどこでも誰にでも危害を加えることができる。警察にそれを防ぐことはできない。つまり、俺たちが勝つんだ」

「新藤進に会った」

「それで？」

「当初、おまえの目的がわからなかった。もし、新藤に命じられてやっていることなら、やめておけ」

「俺に命令できるやつなどいない」

「ならば、何か取引をしているのか？　いずれにしろ、新藤が考えてることはうまくはいかない」

「なぜそう言える？」

「新藤が俺たちに喧嘩を売るなら買う。だからだ」

篠崎の表情は変わらない。だが、すぐに言葉が出てこない。何事か考えている様子だ。

安積はさらに言った。

「もう一度言うが、俺は本気だ」

安積は小倉を一瞥《いちべつ》してから出入り口に向かった。黒木がついてきたが、足音がしない。まだ臨戦態勢を解いていないのだ。


署に戻ると、村雨が安積に尋ねた。

「どうでした？」

「篠崎がプレッシャーをかけていたので、小倉とはまともに話ができなかった」

「篠崎が……？」

「やつは、一般市民全員を人質に取っているようなものだと言った」

「それって、テロリストの論理ですね」

「だから警察には勝ち目はないと……」

「一理ありますね。テロはやっかいです」

「だが俺たちは、負けるわけにはいかない」

「もちろんです」

「態度には出さなかったが、間違いなく篠崎は黒木を警戒していた」

「なるほど……。カルロの一件で、やつは黒木の動きを見ていますからね」

「今日、俺の話を聞いて、新藤との関係を考え直すかもしれない」

「事態が好転しますかね……」

「まあ、希望的観測かもしれないが……」


午後一時過ぎに、真島係長が安積の席にやってきた。

「監察のやつらに何を訊《き》かれた?」

「当日の経緯だ。事実をそのまま説明した。そっちはどうだ?」

「同じだ。やつらは、俺とあんたの話の矛盾点を、重箱の隅をつつくように探しているだろうな」

「好きにさせておくさ」

「被疑者たちが、互いに情報交換したがる気持ちがわかるな」

「野村署長が、包み隠さず話せと言っただろう」

「ああ」

「だから言ってやった。法を逸脱しても一般市民の利益になることならやると」

真島係長が驚いた顔になった。

「そいつは、不利な証言ってやつだな」

「だが、言わずにはいられなかった」

真島係長がにっと笑った。

「よく言った。またやつらがやってきたら、俺も同じことを言ってやろう」

「マルティニ周辺の警戒は続けるんだな？」

「まだ油断できないからな。篠崎がまた何かやらかすかもしれない。まあ、そうなればやつを検挙できるわけだが……」

「実はさっき、篠崎に会った」

「どこで？」

「小倉に会いにカルロに行った。そこに篠崎がいた」

そして安積は、篠崎とのやり取りの内容を伝えた。

話を聞き終えると、真島係長が言った。

「いつでもどこでも誰にでも危害を加えることができるか……。実際にやつの仲間はそれを実行している」

「だが、それでやつの仲間五人を検挙した」

「カルロには十人以上の仲間がいた。速水を襲撃したときも十人以上のやつらがいた。篠崎がいったい、何人を集められるのか見当もつかない」

「だが、警察官より多いはずがない」

「そりゃそうだが、篠崎が言ったとおり、俺たちは法に縛られている。事実、監察に事情聴取されている」

「弱気になるなよ。腹をくくれと署長に言われただろう」

「弱気になどなっていない。慎重になっているだけだ」

「そうだな」

安積は言った。「慎重になるのは必要なことだ」


その日の午後六時過ぎに、青海コンテナ埠頭《ふとう》に不審な集団がいるという無線が流れた。

鉄パイプや金属バットなどを手にした集団に加え、バイクや車両もいるらしい。

須田が言った。

「青海コンテナ埠頭って、速水さんが篠崎の仲間をやっつけた場所ですよね」

須田の速水寄りの発言が好ましい。見方によっては、速水が腕を折られた場所だ。

「速水が事情を知っているかもしれない」

安積はそう言って、速水に電話をかけた。

「青海コンテナ埠頭に武器を持った集団がいるという無線が流れた」

「交通専務系でも同じ内容が流れた」

「おまえのお馴染《なじ》みの場所だな。篠崎か？」

「たぶんそうだろう」

「出動するのか？」

「行こうとしたが、隊員に止められた。岡本たちが向かっている」

「わかった」

電話を切ると、安積は係員たちに言った。

「行くぞ。各員、拳銃《けんじゅう》を携帯するように」


現場には地域課や本部の自ら隊のパトカーが駐《と》まっていた。交機隊もいる。

無線のとおり、広いコンテナ埠頭には手に物騒なものを持った二十人ほどの集団に、十台のバイク、四台の車両が見て取れた。

真島係長をはじめとする暴対係もやってきた。真島係長が言った。

「篠崎か？」

安積はこたえた。

「視認していないが、間違いないだろう。カルロでの会話を挑発と受け止めたようだ」

「いつでもこれだけの人数が集められるという示威行為だろうな」

「凶器準備集合罪で全員検挙できる」

「ああ……。だが、こういうのを散発的にやられると面倒だな。署は振り回されるし、住民は恐怖を感じるだろう」

そのとき、目の前に黒塗りのセダンが停《と》まった。公用車だ。

野村署長が降りてきたので、安積は驚いた。真島係長も眼を丸くしている。危険な現場に足を運ぶ署長は珍しい。

野村署長が安積に尋ねた。

「どんな様子だ？」

「我々も今現着したところですが、今のところ大きな動きはありません」

「対応は？」

「凶器準備集合罪を考えております」

「わかった」

野村署長は言った。「方面本部長に機動隊の出動を要請する」

「機動隊……」

真島係長が言った。「そいつはおおごとですね」

「力を見せつけることも必要だ」

野村署長は携帯電話を取り出してかけた。相手は第一方面本部長だろう。

安積は真島係長に言った。

「機動隊が来るまで、俺たちと地域課で頑張るしかないな」

「おう。黒木を頼りにしてるぞ」

「黒木だけじゃない。暴対係にだって頼りになるやつはいるだろう」

「ああ。もちろんだ」

「地域課にだって猛者《もさ》はいる」

それから、しばらく睨み合いが続いた。

互いに様子を見合っている状態で動きはなかった。

「おい、四輪から降りたやつ、篠崎だろう」

真島係長が言った。

「間違いない」

車から降りた篠崎は警察官たちのほうを眺めている。面白がっているような表情だ。

警官隊は、安積班、暴対係、地域課、自ら隊、そして交機隊の混成部隊だ。

すっかり日が暮れた頃、青海コンテナ埠頭に、青地に白線の大型バスが連なってやってきた。

機動隊の警備車両、計四台だ。

真島係長がそれを見てつぶやいた。

「近衛《このえ》が来た……」

警備車両には「第一機動隊」の文字があった。「近衛の一機」の異名がある。

バスからプロテクターをつけた機動隊員が降りてきて展開していく。一個中隊約七十人だ。

彼らは隊列を組んで、たちまち凶器を持った集団を取り囲んだ。さらに、バイクや車両への対策で、地面にスパイクのついたベルトを敷きつめた。

一人の隊員が野村署長に近づいてきた。

「第一機動隊中隊長、丸岡《まるおか》です」

中隊長だから警部だろう。

「野村署長ですね。ご指示を仰ぎたく参上しました」

野村署長が言った。

「凶器準備集合罪で、全員検挙だ」

「了解しました」

それからすぐに、機動隊員の間で「確保」の声が飛び交った。

17

「確保」の声は、各分隊への伝令とその復唱だ。機動隊は隊列を組みつつ前進を開始する。

二十人ほどの武装集団は、その隊列に向かって威圧的な声を上げはじめる。機動隊員たちは沈黙したまま歩を進める。

安積はその光景を見て、訓練された集団の頼もしさを実感していた。その統制された動きは美しくさえあった。

暴力的なものを徹底的に否定する人たちがいる。もちろん安積も暴力を肯定するわけではない。だが、社会に暴力装置は必要なものだ。つまり、軍隊と警察だ。これらの組織はある規範によって厳しく統制されている必要がある。

その規範の一つは法だ。軍隊も警察も法律に則《のっと》って運用されなければならない。そして、もう一つは合理性だ。

戦いにおいては、徹底された合理性が必要だ。でなければ、敵に勝つことはできない。そして、この合理性は美しさを生む。

軍隊や警察の統制された動きは美しいものであり、合理性に特化した乗り物、例えば戦闘機のフォルムもまた美しい。

それは暴力や戦いが正しいとか間違っているとかの議論とは別次元の話だ。

今、目の前に展開している機動隊の動きは、間違いなく半グレたちに比べて美しい。安積はそう思っていた。

同時に、無言で隊列を組み、前進してくる機動隊を見ている半グレたちは、さぞかし恐ろしい思いをしているだろうと想像した。

半グレの先頭にいた何人かが機動隊に向かって突っ込んでいった。手にしている金属バットや鉄パイプを闇雲《やみくも》に振る。

それでも機動隊員たちはひるまない。隊列も乱れない。金属バットや鉄パイプの攻撃を楯《たて》で防ぎつつ、前進を続ける。

何事か喚《わめ》きながら武器を振り回す半グレたちは、やがて機動隊員たちに制圧された。一人の半グレに対して三人ないし四人が対処した。

半グレと機動隊員が接触している最前線では両勢力が入り乱れているが、それ以外の場所では機動隊の隊列は守られていた。

武器を手に集結している二十人ほど、そしてバイクに乗っている十人を見たとき、ずいぶん大人数だと感じたが、こうして機動隊と比べてみると、圧倒的少数だ。

彼らはどんどん制圧されていく。

隣に立っていた真島係長が言った。

「いやはや、機動隊だけは敵に回したくないな」

安積はうなずいた。

「こうして見ると、やっぱりたいした迫力だ」

「いざとなったら、黒木の力が必要だと思っていたが、そんな必要はまったくなさそうだ」

すると、近くにいた黒木が言った。

「機動隊には、自分なんかがかなわないような強者《つわもの》がたくさんいます」

真島係長がこたえた。

「……だろうな」

人数だけではない。黒木が言うとおり、機動隊は術科のエキスパートたちだ。そして、毎日走り込んで体力を蓄えている。

半グレたちがどんなに喧嘩《けんか》自慢でも勝てるはずがない。

真島係長が言った。

「お、バイクや四輪が逃げ出すぞ」

「だいじょうぶだ」

安積は言った。「スパイクベルトで対処している」

「パンクさせて検挙するんだな？　怪我人《けがにん》は出ないかな……」

それが聞こえたらしく、野村署長が言った。

「警察官が怪我をしなけりゃいい。半グレは自業自得だ」

マスコミには聞かせられない言葉だが、安積はそのとおりだと思っていた。

やがて、真島係長が言ったように、パンクしたバイクが転倒し、乗っていた半グレはたちまち制圧された。

中にはパンクしたままその場から逃走しようとするバイクもあったが、逃げられるはずがなかった。

四輪もスパイクベルトにやられていた。バイク同様に、パンクしながらも逃走しようとした車があったが、交機隊の車にやすやすと制圧されていた。

機動隊の到着が午後六時半頃。そして、「確保」の伝令が六時四十分頃。午後七時には、ほぼ騒ぎは収拾していた。

野村署長が言った。

「検挙した連中は全部留置場に放《ほう》り込むように、機動隊に伝えておく。うちの署に入りきらなかったら、同じ第一方面の署に振り分ける」

真島係長がこたえた。

「了解しました。検挙した全員の素性を洗って、必ず起訴できるようにします」

起訴するかどうかは検察次第だが、意見書は付けられる。

「篠崎は確保したか？」

野村署長の問いに、安積はこたえた。

「まだ確認できていません」

「捕まったところを視認していないか？」

「私は見ていません」

真島係長が言う。

「留置場で対面できるかもしれない」

安積は言った。

「どうも、そんな気がしない。あいつは、まんまと逃げたんじゃないか？」

「どうしてそう思う？」

「この騒ぎを起こしたのは篠崎だ。したたかなやつだから、逃走路は確保していたんじゃないかと思う」

「考え過ぎじゃないのか？」

二人のやり取りを聞いていた野村署長が言った。

「確認するんだ。わかり次第、知らせてくれ」

「わかりました」

安積がこたえると、野村署長は公用車のほうを向いた。

「俺《おれ》は引きあげる。あとは頼む」

「はい」

野村署長を乗せた公用車は去っていった。それを見送ると、真島係長が言った。

「さて、機動隊が制圧した連中を署に運ぶのに手を貸さなけりゃならないな」

安積は係員たちに、被疑者たちの身柄を運ぶのを手伝うように言った。真島係長も暴対係の係員に同様の指示をしている。

安積は真島に言った。

「俺は署に戻って、篠崎を捜してみる」

「俺も戻るよ。これから半グレたちの取り調べをしなけりゃな。きっと徹夜仕事になるな……」

「うちの係員にも手伝わせる」

「ありがたい。さっさと送検しちまおうぜ」


署に戻り、村雨たちに留置場で篠崎の姿を捜してもらった。安積が思ったとおり、篠崎の姿はなかった。青海コンテナ埠頭《ふとう》から逃走したようだ。

それが判明したのは、午後七時半を過ぎた頃《ころ》だ。安積は言われたとおり、すぐに野村署長にその旨を伝えた。

電話の向こうの野村署長が言った。

「逃げた？　どうやって逃げたんだ？」

「どさくさに紛れて、こっそり徒歩で逃走したのかもしれません。あるいは、車ではないかと思います」

「車……？」

「はい。確認する必要がありますが、あの場にいた四台の車両のうち、一台はパンクして動けなくなり、さらにもう一台は交機隊が制圧しました。しかし、二台があの場から逃走したと思われます」

「確認しろ。ナンバーがわかれば、Nも使えるだろう」

Nとは Nシステムのことだ。走行している車両のナンバーを読み取り、場所と時刻を記録してデータベース化する仕組みだ。

「至急、確認します」

「あの騒ぎはいったい何だったんだ?」

野村署長に尋ねられて、安積はしばし考え込んだ。

「わかりません。篠崎がいったい何のためにあんなことをしたのか、理由がわからないんです」

「理由はただ騒ぎを起こすことなのかもしれない。スナックちとせや、ガンダムのそばの暴行傷害事件、そして樽駒での騒動……。その延長線上の出来事なんじゃないのか?」

「一般人すべてを人質にしているようなものだと、篠崎は言っていましたので、あるいはそうかもしれませんが……」

「何だ? 何か他《ほか》に理由があるというのか?」

「申し訳ありません。わからないのです」

野村署長はうなずいた。

「わかったら知らせてくれ。篠崎は指名手配しよう」

安積は思わず聞き返した。

「指名手配ですか?」

「そのためには、逮捕状がいる。罪状は凶器準備集合罪でいいか?」

「はい。その首謀者のはずですから……」

「彼が首謀者だという証拠がないな……」

「身柄確保した半グレの誰《だれ》かが、篠崎の指示だと証言すれば……」

「それも急いでくれ」

「了解しました」

電話が切れた。


安積は、逃走した二台の車についての情報を集めさせた。いずれもナンバーはわからないが、ハッチバックであることがわかった。

そのうち一台は大型の車種だ。おそらく篠崎はその車に乗っているだろうということだ。情報をくれたのは、スパイクベルトの近くで待機していた機動隊員だった。

パンクを免れた二台が逃走したようだ。おそらく、篠崎は一《いち》か八《ばち》かの勝負に出たのだ。うまくスパイクベルトをよけられたのか、あるいはベルトを踏んだが運良くパンクしなかったのか、いずれにしろ、篠崎が乗ったハッチバックは逃走した。

安積は、係員たちにその車を見つけるように指示した。その係員たちは現在、手分けして検挙された半グレたちの取り調べに当たっていた。

彼らは、暴対係の係員たちと協力して事を進めていた。

安積は席を離れ、交機隊の分駐所に向かった。

「来ると思っていた」

　速水小隊長が言った。「どんな様子なんだ？」

「武器を持ったやつらが二十人ほど。バイクに乗ったのが十人。四輪が四台いた。第一機動隊が来て制圧。三十五人の身柄を確保して、今手分けして取り調べをやっている」

「篠崎は逃げたんだな」

「今、やつの乗っていた車を捜している」

　速水はうなずいた。

「岡本から聞いた。でかい黒のハッチバックだそうだな。うちの連中もその車を捜している」

「そいつは助かる。野村署長は、逮捕状が取れたら指名手配をすると言っている」

「篠崎をか？　罪状は？」

「凶器準備集合罪」

「逃げたんだろう？　その場にいたことを証明できなけりゃ、その罪状は成立しない」

「検挙した半グレから、集合をかけたのが篠崎だという証言が取れれば……」

「吐くやつがいると思うか？」

「やってみなけりゃわからない」

「前向きの発言だ」

「どうしても理解できないんだ」

「何が？」

「篠崎は、何のために武器を持った連中を集めたんだ？　制圧されるのはわかりきっていたはずだ」

「警察を舐《な》めてたんじゃないのか？　事実、俺は同じ場所で腕を折られたからな」

「署長は、スナックちとせから始まる一連の騒ぎの延長線上の出来事だと言っているが……」

「納得できないのか？」

「これまで篠崎の目論見《もくろみ》は、ほぼ成功していた」

「スナックちとせでも、ガンダムのそばでも、仲間を逮捕している」

「それは篠崎にとってそれほど問題ではなかったはずだ。事件を起こすこと。それが目的だったんだからな」

「今回だって事件にはなった。しかも大事だ。なにせ、機動隊まで出動するはめになったんだからな」

「大事過ぎる気がする」

「どういうことだ？」

「これまでは、仲間が二、三人逮捕されるような出来事だった。だが、今回の検挙者は三十五人だ」

「まあ、たしかに篠崎にしては無謀に見えるな……」

「あいつは俺に、一般市民全員を人質にしているんだと言った。村雨がそれをテロリストの論理だと言った。だが、武器を持って埠頭に集結するなどというのは、テロリストのやり方じゃない」

「じゃあ、何なんだ？」

「愚かな武将のやり方だ。つまり、勝ち目のない戦を挑んできたんだ」

「篠崎はばかだが愚かではない」

矛盾しているようだが、速水の言いたいことはわかる。

世の中との関《かか》わり方を間違っているという意味で、速水は篠崎のことを「ばか」だと言っている。だが、頭が悪いわけではないということだ。

「だから、わからないんだ。篠崎がなぜあんなことをしたのか」

「なるほど……」

速水が思案顔になった。

「おまえなら、篠崎の考えが読めるんじゃないかと思った」

「イクスキューズじゃないのか」

「イクスキューズ？」

「そうだ」

「誰に対する、何のためのイクスキューズだ？」

「新藤に対して言い訳がしたいんじゃないかと思う」

「どういうことかよくわからない」

「つまりさ……」

速水は説明を始めた。「篠崎が新藤と袂《たもと》を分かちたいってことなんじゃないか」

「篠崎は、新藤に命令されているわけじゃないと言っていた。離れようと思えば簡単に離れられるんじゃないのか」

「命令されてはいないが、何かの利害関係があるんだろう。お互いのメリットがなければ、新藤も篠崎も、臨海署に楯突くようなことはしない」

「そのメリットがなくなったということか？」

「おそらく、メリットよりデメリットのほうが大きいと、篠崎は考えるようになったのだろう」

「なぜだ？」

「おまえ、篠崎に何か言っただろう」

「新藤が警察に喧嘩を売るなら買う。俺は本気だ。そう言った」

「やっぱりな。篠崎は、その言葉について、ちゃんと考えたんだよ」

「警察には勝てないと……」

「そう。それを、新藤にもわからせようとしたんだ」

「三十五人が検挙されるというのは、篠崎にとって大きな打撃だったはずだ。新藤に言い訳するために、その打撃が必要だったということだな」

「……だろうな」

「俺はこれだけひどい目にあったんだ。だから好きにさせてもらう……。篠崎はそう言いたいわけだな？」

「俺はそう思う」

「おまえはどうやら篠崎に肩入れしているようだが、もし指名手配となれば、やつの逮捕は避けられないぞ」

速水が意外そうな顔をした。

「誰が篠崎に肩入れしているって？」

「おまえは篠崎のことをよく知っているし、やつの考え方も理解しているようだ」

「そうだよ。よく知っている。彼を知り己を知れば百戦殆《あやう》からず、だ」

「つまり、篠崎を敵として研究しているということか？」

「当然だろう。残念ながら、ああいうやつらはなかなか更生しない。だから、扱い方をよく考えなくてはならない。そのためには、思考パターンを知ることが大切なんだ」

「更生しない？」

「ああ。もちろん、昔マル走だったけど、今じゃ普通に仕事をしているやつも珍しくはない。若い頃に、ノリでグレてたやつはたくさんいる。そういう連中にとって、マル走時代はただの思い出だ。だが、そうじゃないやつらもいる」

安積はうなずいた。

元暴走族だけでなく、犯罪者はなかなか更生できない。それが現実だ。再犯者率は四十九パーセント。刑を終えて出所した人の半分がまた刑務所に戻るのだ。

常習犯は窃盗犯に多い。だが、問題なのは篠崎のようなやつだ。

他人を暴力で支配することを当たり前だと思っている連中。彼らは社会の敵であり、つまり警察の敵だということだ。安積はそう思っている。

刑事政策の基本は矯正であることは知っている。犯罪者を更生させて社会復帰させる。それが原則なのだ。だが、それは理想だと安積は思っている。

再犯者率四十九パーセントはそれを物語っている。

「逮捕できれば、それに越したことはないさ」

速水が言った。「だが、そう簡単じゃないぞ。やつは手強《てごわ》い」

「ああ。わかっている」

安積は席に戻ることにした。

「しかし、やつはやっかいなやつを敵に回した。それを思い知ったのさ」

その言葉を背中で聞いた安積は振り向いた。

「それはおまえのことか?」

「何を言っている。おまえだよ。東京湾臨海署の安積警部補だ」

18

青海コンテナ埠頭周辺の防犯カメラの映像をかき集め、篠崎が乗った車の痕跡《こんせき》を捜した。安積班と暴対係だけでなく、相楽班など他の係の捜査員も、検挙した半グレたちの取り調べに動員されていた。

安積は村雨の姿を見かけて声をかけた。

「取り調べはどんな具合だ?」

「どいつもこいつもまともじゃないんで、難儀してますよ。ただ……」

「ただ、何だ?」

「おおむね、二派に分かれますね。徹底的に反抗的なやつらと、計算高く様子を見ている連中とに……」

「計算高い連中は、取引を持ちかければ応じるかもしれない」

「取引には検事の許可が必要ですよ」

「正式な取引じゃない。手綱を締めたり弛《ゆる》めたりするんだよ」

村雨はうなずいた。

「捜査員は心得ていますよ」

そうだな。村雨には釈迦《しゃか》に説法だったかもしれない。

「引き続き、頼む。埠頭に半グレたちを集めたのが篠崎だという証言があれば逮捕状が取れる」

「了解しました」


捜査員たちが取り調べに忙殺されている今、何か事件が起きたらお手上げだ。安積は、篠崎の「一般市民人質」発言を思い出していた。

三十五人もの被疑者を一度に連行したら、警察署内はてんやわんやになる。篠崎はそれを知っているはずだ。

その隙《すき》を衝《つ》いて事件を起こす。そういうやつだ。

何も起きなければいいが……。安積は祈るような気持ちで夜を迎えた。


幸いにして、刑事たちが出動しなければならない大きな事件は起きず、安積は帰宅して休むことができた。

翌朝、夜の間中断していた取り調べが再開された。安積班と相楽班の面々も引き続き動員されている。

一人係長席にいた安積のところに、真島係長がやってきた。

「知ってるか？　昨夜、新たに半グレ二人の身柄が署に運ばれてきた」

「何があった？」

「飲食店で一般の客に因縁をつけて暴行したんだそうだ」

「俺のところに知らせはなかった」

「俺のところにもなかったよ」

「どういうことだ？」

「地域課が頑張ってくれたんだよ」

何か起きると、まず地域課係員、つまり交番のお巡りさんが現場に駆けつける。彼らが対処して事態が収まれば、刑事課の捜査員が呼ばれることはない。

「そいつはありがたいな」

安積の言葉に、真島係長が応じた。

「実はな、地域課長に話したんだよ。例の篠崎のテロリスト発言」

「一般市民全員が人質という話だな？」

「すると、地域課長は頭に来た様子で言った。そんなふざけた言い草を許すわけにはいかないって……」

「それで、係員に発破をかけてくれたというわけか」

「本気でパトロールをするし、本部に言って自ら隊や遊撃特別警ら隊の助けも借りるって言ってた。樽駒のマルティニのことも任せろと……」

地域課の末永孝道《すえながたかみち》課長は、五十三歳の警部だ。安積は、会いにいってみようかと思った。

「取り調べのほうはどうだ？」

安積が尋ねると、真島係長はこたえた。

「たいへんな作業だったがな。先は見えた」

「篠崎の逮捕状を取れるような証言は得られそうか？」

「任せろ」

真島係長が自分の席に戻っていったので、安積は立ち上がり、地域課に向かった。

末永地域課長は、大きな目が特徴だ。ただ見られているだけで睨《にら》まれているように感じる。制服姿で席にいた。

安積の姿を見ると、彼は言った。

「安積。何か用か？」

「昨夜、半グレを二人検挙したと聞きました」

「何か文句あるのか？」

「そうじゃありません。礼を言いにきたんです」

「礼だと？」

「はい。昨夜、刑事課はてんてこ舞いでした」

「知ってる。青海コンテナ埠頭の件だろう？　機動隊が出動したそうだな」

「呼び出しがあってもお手上げ状態でした。ですから、地域課で片づけてくれて本当に助かりました。それで礼を言おうと……」

「自分の仕事をしただけだ。別に礼を言われる筋合いじゃない」

「余計なことかもしれませんが、気持ちをお伝えしたかったのです」

「そうか。じゃあ、気持ちは受け取っておく」

「はい」

「半グレたちを三十五人も引っ張ったが、首謀者は取り逃がしたそうだな？」

「篠崎というやつです。逮捕状が取れたら指名手配すると、野村署長が言ってました」

「指名手配か」

「さらに現在、篠崎が逃走に使った車を捜しています」

「安積」

「何でしょう？」

「指名手配犯はな、刑事よりも地域課係員のほうが見つける確率が高いって知ってるか？」

「そうかもしれませんね」

「かもじゃなくてそうなんだよ」

「失礼しました」

「その車も地域課が見つけてやる」

「マルティニの件も、留意してくださるということで、それについても感謝します」

「マルティニ？　ああ、居酒屋のバイトだな。重点的にパトロールしてやる」

「心強く思います」

「そうだ。俺たち地域課は頼りになるんだ。覚えておけ」

席に戻るとすぐに、榊原課長に呼ばれた。課長席に行くと、そこに真島係長もいた。いい話ではなさそうだ。

榊原課長が言った。

「地検から連絡があってな」

何事だろう。安積はそう思い、黙って話を聞いていた。真島係長も無言だ。

二人の係長から相槌《あいづち》もないので、榊原課長は少々気まずげに話を続けた。

「青海コンテナ埠頭での騒ぎを知ったらしい。大量検挙だが、どれくらい送検するつもりかと訊《き》いてきた」

安積は真島係長を見た。暴対係の仕事だ。

真島係長が言った。

「全員送検します」

榊原課長が尋ねる。

「全員というのは、正確には何人だ?」

「三十五人です。そのために、刑事課総掛かりで取り調べをやっております」

榊原課長が顔をしかめた。

「地検はそれを恐れて連絡してきたんだ」

「それを恐れて……?」

「一気に三十五人も送検したら、地検は捌《さば》くのに苦労する」

「それが検察の仕事でしょう」

榊原課長が一つ溜《た》め息をついてから言った。

「電話してきた検事が、こんなことを言うんだ。学生運動が盛んな時代のことだ。デモ行進なんかで機動隊が出動し、抵抗が激しくて大量検挙するようなことがしばしばあったらしい」

真島係長が怪訝《けげん》そうな顔で「はあ」と言う。

榊原課長の話が続く。

「検挙した学生はどうするかというと、機動隊のバスや留置場に放り込んだ後に、多くはその日のうちに解放したそうだ。彼らの多くは身柄確保されるだけで恐怖にすくんでいたという。だから、懲らしめる効果が充分にあったということなんだ」

真島係長が言った。

「そんな昔の話は知りませんね」

「私だって知らない。つまりだ。検察が言いたいのは、機転を利かせろということだ」

「機転？」

真島係長が聞き返す。「そりゃいったい、どういうことですか？」

真島はわかっていながら訊いている。安積はそう思った。その口調に、怒りが滲《にじ》んでいたからだ。

榊原課長が言う。

「だからだな、何も全員を送検することはないということだ。起訴間違いない悪質な者だけに限ってだな……」

「現行犯ですよ。全員同じくらい悪質です」

「中には命じられて嫌々参加した者や、誘われて何となく参加したというやつもいるんじゃないのか？」

「金属バットや鉄パイプを持って集合していたんです。情状酌量の余地なんてありません。全員起訴でいいです」

榊原課長は困った様子で言った。

「安積係長。君はどう思う」

大人の対応を期待しているのだろう。だが、あいにく、安積はこういうときに大人の顔ができない。

「同意見です。警察庁からも半グレは準暴力団として取り締まりを強化するようにとのお達しがありました」

榊原課長はもう一度溜め息をついた。

「しょうがないな……。それで、送検はいつになりそうだ？」

「取り調べが済んだ者から順次送検しますが、規定の四十八時間以内には全員完了します」

「わかった。それで、肝心の篠崎はどうなった？」

安積がそれにこたえた。

「現在、彼が逃走に使った車両を捜しています。また、彼が騒ぎの首謀者だという証言が得られたら逮捕状を取り、指名手配をする運びになっています」

「足取りはわからないのか？」

「青海コンテナ埠頭周辺の防犯カメラの映像を集めています。何かわかると思います。地域課も協力してくれています」

「地域課？」

「はい。末永課長と話をしました」

「おい。私は何も聞いてないぞ」

課長の頭越しに話をしたことが気に入らないのだろう。

すると、真島係長が言った。

「昨夜、地域課が半グレ二人を検挙してくれまして。その件で、やり取りがあったんです」

「半グレ二人を検挙？」

「ええ。地域課が頑張ってくれましてね」

真島係長は、二人が身柄を取られるまでの経緯を説明した。

話を聞き終えると、榊原課長は言った。

「その二人も送検するんだな？」

「もちろんです」

「『こんなんじゃ起訴できない』なんて、検察から文句言われないようにしてくれ」

「心得ました」

そろそろ話は終わりだろうと、安積が思っていると、課長席の警電が鳴った。榊原課長が受話器を取る。

「はい。承知しました」

課長はすぐに受話器を置いた。口調から相手が誰かわかった。警察署で課長の上にいるのは副署長と署長だけだ。

榊原課長が安積と真島係長に言った。

「署長が呼んでいる。いっしょに来てくれ」

安積と真島係長は顔を見合わせた。


署長室を訪ねると、なぜ呼ばれたかがすぐにわかった。来客用のソファで、野村署長と新藤が向かい合っていた。

新藤が言った。

「これは、課長と係長の皆さん」

それを無視するように、野村署長が言った。

「君らもこっちにかけてくれ」

課長が野村署長の右隣に腰かけた。真島係長が署長の左側だ。安積はその真島係長の隣に座った。

警察官四人が新藤一人と対峙《たいじ》している。まるで面接でも始めるような恰好《かっこう》だった。

野村署長が言った。

「新藤さんは、我々のことを心配して、またここにいらしたということだ」

榊原課長が尋ねた。

「我々というのは、臨海署ということですか？」

「そうだ」

「臨海署のことを心配するというのは、どういうことでしょう」

すると、新藤がおもむろに口を開いた。

「凶器を持った集団のことが報道されていましたよ。何でも、機動隊が出動する騒ぎになったとか……。臨海署もたいへんですね」

真島係長がこたえた。

「たいへんも何も、警察の仕事ですから」

「私はね、心の底から心配してるんですよ。そんなことが続けば、臨海署がもたないんじゃないかと……」

野村署長が言う。

「ご心配には及びませんよ。臨海署にはまだまだ余裕があります」

「それは心強いお言葉です」

新藤は何度かうなずく。「しかし、それを額面通りに受け取るわけにはいきませんね。事件が散発的に次々と起これば、当然手が足りなくなります。署員の方々も疲弊していくでしょう」

「疲弊などしません」

野村署長が言う。「署員は粛々と職務をこなすだけです。それに、万が一署の運用に何らかの支障があったとしても、すみやかに近隣の署が応援をするなどの措置を、方面本部が講じてくれます。そういう組織力が警察の強みなのです」

「カルロという店の店長が、臨海署を訴えると言っているらしいじゃないですか。もし、訴えられたら、その対応にも多大な労力を割かれることになりますね」

「そうでもありません」

「ほう……」

「警視庁本部には、そういうときのために訟務課という部署があります」

「ショウムカ……？」

「はい。訴えられたときには、法律の専門家がそれに対処します」

「なるほど、警察はたいしたものですな」

「そう。おそらく一般の方が考えているより、ずっとちゃんとしているんです」

「それでも、手が回らないことがあるでしょう。居酒屋のバイトの女性が誘拐されかかったと聞きました。未遂で終わったからいいようなものの、実際に誘拐されていたらたいへんでしたね」

野村署長が言った。

「簡単に誘拐などさせません」

「しかし、何事も絶対ということはありません。誘拐事件が起きたら、臨海署は忙殺されることになりますね」

その言葉に、

「誘拐や殺人といった重要事件を捜査するのは、本部の捜査一課です。もちろん我々臨海署員も捜査本部に参加することになりますが、ちゃんと手分けして捜査をするので、ご心配なく」

「なるほど……」

二人のやり取りが一段落し、真島係長が新藤に尋ねた。

「いろいろと事情をご存じのようですな」

新藤が笑みを浮かべてこたえた。

「ニュースには注意を払っていますんでね。テレビや新聞だけじゃない。ネットニュースも見ます。特に、臨海署が絡んだニュースには敏感になります。親近感を持っていますので……」

「ほう。親近感……」

「ええ、そうです。私は引っ越してきたばかりですが、自分が住んでいる地域を管轄している警察署ですから、当然親しみを覚えますよ」

「報道されたニュースだけじゃわからないこともご存じの様子です」

「どうでしょうね」

「例えば、カルロの店長が訴えると言っている件。それは記者にはまだ発表していないはずです」

新藤は言った。

「篠崎から聞きました」

その口調は、実にあっさりとしていた。安積が肩透かしを食らったように感じたほどだ。

真島係長が厳しい眼差《まなざ》しで尋ねる。

「篠崎とはどういう関係です？」

「知り合いですよ」

「どういう知り合いですか？」

「どういうって……。ただの知り合いです。時々電話やメールをする程度の仲ですよ」

「篠崎を利用しているんじゃないですか？」

真島係長の追及に、新藤は苦笑する。

「何の話ですか。私が何のために、どうやって彼を利用するというのですか」

「篠崎に、さまざまな犯罪をやらせ、俺たちを振り回しておいて、お台場に乗り込んできて、自分なら篠崎を抑えられると、警察にアピールしようとしているわけだ」

「私が篠崎に犯罪をやらせたですって？　それはあまり面白くない冗談ですね」

「冗談だといいんですがね。あなた、教唆犯ということになりますから」

「私は善意の協力者ですよ。警察のお役に立ちたいんです」

「これは、篠崎にも言ったことですが……」

安積は言った。「警察に勝てると思ったら大間違いですよ」

「待ってください。私は警察に敵対しているのではありませんよ。お役に立ちたいのだと言っているでしょう」

「青海コンテナ埠頭の出来事は、あなたの指示ではありませんね」

「当たり前です。私は、篠崎にいかなる指示も出してはいません」

安積は新藤の戯《ざ》れ言《ごと》には取り合わず、言葉を続けた。

「警察にはとてもかなわない。そのことをあなたに示すために、篠崎は兵隊を集めたんです」

「何をおっしゃっているのか、私にはわかりかねます」

「つまり、篠崎はあなたと袂を分かちたいと言っているんです」

安積が言うと、新藤は言葉を呑《の》んだ。

19

安積がさらに言った。

「篠崎は利口なやつですから、警察に逆らっても勝ち目はないと理解したのでしょう。だから、撤退の時期と方法を考えていたのです」

「待ってください」

新藤が戸惑った様子で言った。「いったい何から撤退するというのです？」

これは演技かもしれないと、安積は思った。本当は困惑などしていない。安積の言うことが百パーセントわかっているはずだ。

安積はこたえた。

「臨海署管内で面倒事を起こすことです。彼は、臨海署を混乱に陥れようとしたのでしょう」

「なるほど……。実際、臨海署はキャパシティーをオーバーしはじめているんじゃないですか？」

「いやいや……」

野村署長が言う。「ですから、ご心配には及びませんと申し上げているのです。余力がありますから……」

安積はさらに言う。

「篠崎が仲間を使ってやらせたことは、もともとはあなたの指示によるものではないかと、我々は考えております」

「そりゃ心外ですね。何度も言いますが、私は皆さんのお役に立ちたいんです」

「それをアピールするために、篠崎と手を組んだのでしょう。マッチポンプというやつです」

「どういう意味です？」

「篠崎が仲間や手下を使って、臨海署管内で違法行為を行う。あなたはそれをやめさせることができると我々にアピールするわけです」

新藤から戸惑ったような表情が消え去った。演技をやめたようだ。開き直ったのだと、安積は思った。

新藤は言った。

「実際に、私は篠崎のようなやつを抑えることができるんです」

「篠崎は、あなたとのそういう関係を嫌っているようです。ですから、凶器を持った仲間を集め、それでも警察にはかなわないのだということを、あなたに示そうとしたのです」

安積の言葉に、新藤は肩をすくめた。そんなことは何とも思っていないという仕草だ。

「どうやら……」

野村署長が言った。「あなたの計画はうまくいかなかったようですね」

新藤は野村署長に言った。

「それでも、私は役に立つのですよ」

「必要ないと、我々は言っております」

「今に必要になるときが来ますよ」

「そのときにまた、考えますよ」

野村署長が言った。話は終わりだという意味だ。

新藤が立ち上がった。

「また来ます」

彼は署長室を出ていった。


「マッチポンプだって?」

署長が安積に言った。「ちゃんと説明してくれ」

「新藤に言ったとおりです。篠崎は新藤に教唆されて、管内で何件かの事件を起こしたわけです」

真島係長が「未遂も含めて」と、安積の言葉を補った。

野村署長が聞き返す。

「教唆と言ったな? 共謀じゃないのか?」

「そうかもしれません。しかし、私には新藤の教唆という印象が強いです」

「次々と事件を起こす篠崎を、自分は抑えることができる……」

野村署長が言う。「新藤はそう言って警察に自分を売り込みたいわけだ」

「そうだと思います」

真島係長がそれを受けて言った。

「そんなことをして、何の意味があるんだろう……」

野村署長が言った。

「江戸時代の治安組織という話を、新藤がしたのを覚えているか？」

「ええ。同心《どうしん》だの岡《おか》っ引《ぴ》きだのという話ですよね」

「なんか夢を見てるんだろうね」

「夢ですか？」

「ああ。自分が銭形平次みたいな『親分』になる夢だよ」

安積は言った。

「今はそんな時代ではありません。江戸時代とは司法組織、治安組織のあり方もまったく違います」

「理念の問題なんだよ。これはさ、警察官としてあまり言いたくないことなんだけどね、新藤が言うことにも、一理あるのさ」

真島係長が怪訝《けげん》そうな顔をする。

「一理ある……？」

「篠崎みたいな半グレや、ギャングといった非行少年。そして、昨今増えている外国人の犯罪者集団……。たしかに、警察の取り締まりが追いついていない」

真島係長が「心外だ」という顔をした。

「日々、努力はしております」

「だが、半グレや外国人犯罪グループについてはあまり成果が上がっていない。ああいう連中の数が増え、勢いを増したのは、暴対法や排除条例で暴力団が衰退したことと、無関係ではないような気がする」

真島係長は、むっとした顔になった。

「署長は暴力団をお認めになるということですか?」

「だからさ、ここだけの話だ。マスコミの前では口が裂けても言えない話だ。もちろん、一般市民に危害を加えたり恐怖心を与えたりする暴力団は許せない。けどね、あの連中が睨《にら》みを利かせている間は、半グレや外国人の犯罪グループ、ギャングなんかは今よりはおとなしかったんだ」

「暴力団は、半グレや非行少年を兵隊としてスカウトするんです。そういう仕組みがあるんですよ。お言葉ですが、署長も新藤と同様に夢をご覧になっているのではないでしょうか。暴力団は、決して高倉健《たかくらけん》の映画のような連中ではありません」

「わかってるよ。だから、理念の問題だと言ったんだ。治安維持は、警察だけで担えるもんじゃないんだ」

「警察だけでやらねばなりません。我々にはその責任があります」

署長が言おうとしていることはある程度理解できる。だが、暴対係の真島としては認めるわけにはいかないだろう。

安積は野村署長に尋ねた。

「新藤は『親分』になりたいんだろうとおっしゃいましたね」

「ああ」

「現代社会において、それはどういうことなのでしょう?」

「そのままだよ」

「そのまま?」

「あいつは、地域の顔役になりたいんだ」

「顔役……」

「昔は博徒の親分がそれを担っていた。警察からそういうお墨付きをもらいたいと思っているんだろう」

「それは不可能です」

「不可能とは言い切れないと思う。署長なんて、二年ほどで入れ代わるだろう。新藤が根気強くアプローチすれば、そのうちうんと言う署長が現れるかもしれない」

真島係長が厳しい口調で尋ねた。

「それでよろしいのですか? そんなことが許されるのですか?」

「よくない」

野村署長が言った。「だから、今のうちに、新藤をつぶすんだよ」

話が終わり、安積と真島係長は署長室をあとにした。真島係長は、釈然としていない様子だ。

安積は言った。

「暴力団が半グレや外国人犯罪グループに対する抑止力になっていたという話、納得がいかないだろうな」

「納得いかない」

真島係長が言った。「同じようなことを言うやつがマルBにもいる。自分たちの存在を正当化したいんだ。だがな、腹が立つのは、署長が言ったとおり一理あるからなんだ」

安積はうなずいた。

「現場の実感なんだな？」

「そういう時代があったことは否定できないんだ。政治家がヤクザを利用した時代すらあった。ヤクザが非行少年たちを抑えていたという事実はある。しかしだな。暴力団は暴力団だ。人を平気で傷つけたり殺したりするようなやつらだ。抗争に一般市民を巻き込んだ例もある。暴力で他人を思い通りにしようとする。俺《おれ》はそんなやつらを許すわけにはいかないんだ」

「わかっている」

真島係長は一つ大きく息をついた。

「署長に言えなかったが、あんたに言って、少しすっきりした」

「それはよかった」

「俺は半グレどもの取り調べに戻るがな……」

「ああ」

「もう少しで落ちそうなやつがいる。期待してくれ」

「凶器準備集合罪の首謀者が篠崎だと証言しそうなやつがいるということか?」

「そうだ。ずる賢いやつでな。取引をにおわせたらなびいてきた」

「司法取引は検察にしかできないぞ」

「だから、においわせただけだ。取り調べのテクニックだよ」

弁護士など人権にうるさい連中は、それは違法捜査だと言うかもしれない。だが、刑事にもテクニックやノウハウは必要なのだ。

「落ちたらすぐに知らせてくれ。課長に言って逮捕状を取ってもらう」

「待ってろ」


午後三時過ぎ、強行犯第一係の席にいる安積のもとに知らせが入った。青海コンテナ埠頭《ふとう》付近の防犯カメラ映像の解析の結果、篠崎の逃走に使用された車の映像が見つかったという。

知らせてきたのは村雨だった。

安積は尋ねた。

「車種とナンバーは?」

「車種はわかっています。ナンバーはなんとか四桁《けた》の数字を読み取れましたので、それをもとに今持ち主の割り出しをしているところです」

「ナンバーがわかり次第、Nシステムを試してみてくれ。署長の指示だ」

「了解です」

車両の持ち主がわかれば、捜査は大いに進展するはずだ。もし、盗難車だったとしても、どこで盗まれたかがわかれば手がかりになる。

それから約一時間後、再び村雨がやってきて安積に告げた。

「Nヒットしました」

Nシステムのデータベースに当該のナンバーがあったということだ。

「最終確認地は町田《まちだ》です。日時は、一月二十八日午後八時二十五分です」

「車の持ち主は？」

「判明しました。氏名は藤井《ふじい》沙耶《さや》。住所はやはり町田です」

「町田に捜査員を送れ。篠崎の足取りを追うんだ。町田署には課長から連絡してもらう」

「了解しました」

「その藤井沙耶の身元を調べろ。必要なら任意で引っ張れ」

「はい」

安積は席を立ち、課長席に向かった。榊原課長に事情を説明する。

榊原課長が言った。

「こっちの捜査員が行くからと、仁義を通せばいいんだな？」

「はい」

「わかった。協力してもらえるかどうかも訊《き》いてみよう」

「お願いします。それから……」

「何だ？」

「篠崎の逮捕状を請求できるだけの証言が取れそうだと、真島係長が言っていました」

「証言が取れたら書類を作ってくれ。すぐに判を押すから。裁判所に持っていくんだ」

「承知しました」


安積は暴対係にやってきて、真島係長にNヒットと藤井沙耶のことを知らせた。

「篠崎の彼女かな……」

「わからない。今、村雨たちが町田に向かっている。半グレたちのほうはどうだ？」

「ほとんどのやつらの送検の準備は済んだ。例の証言のことだが……」

「篠崎が集会の首謀者だという証言だな？」

「もう少しかかりそうだ。土壇場になってびびりはじめてな……」

証言しそうなやつが、篠崎を恐れているということだ。

「篠崎は凶器を持った仲間を集めておいて、一人で車で逃走した。それがどういうことかそいつに考えさせるんだな」

「手間取ってすまねえな。だが、じきに落とす」

「頼む」

安積は暴対係を離れ、交機隊の分駐所に向かった。

速水が安積を見て言った。

「篠崎が見つかったか？」

「本人はまだだ。だが、乗っていた車の車種やナンバーが判明した」

「ナンバーがわかったのか。じゃあ、Ｎシステムが使えるな」

「町田までの足取りが明らかになった」

「町田……？」

「藤井沙耶という人物を知っているか？」

「誰《だれ》だそれ」

「篠崎の逃走に使われた車の持ち主だ。住所が町田らしい。真島は彼女かもしれないと言っていたが……」

「彼女がいても不思議はないな。反社の連中はあまり女に苦労しない」

「そのようだな」

「ああ。一般人は、いったいどんな女が反社と付き合うんだろうと首を傾《かし》げるかもしれないが、反社のやつらはもてるんだ」

「中学生の頃《ころ》はちょっと不良っぽいやつがもてたが……」

「それだよ。だが、半グレやチンピラと付き合ってろくなことはない」

「必要なら藤井沙耶の身柄を取れと、村雨に言った」

「引っ張ってきたら、一目見せてくれ。篠崎の彼女がどんなやつか見てみたい」

「わかった」

席に戻るとすぐに榊原課長に呼ばれた。

「町田署の刑事課に連絡した。協力してくれるそうだ」

「助かります」

「篠崎の逮捕状請求書はまだか?」

「証言にもう少しかかりそうだと、真島係長が言っていました」

「ぐずぐずしていると、篠崎は高飛びしちまうぞ」

高飛びとは、犯罪者が海外などの遠隔地に逃走することだ。今はあまり使わない言葉だが、榊原課長は平気で死語を使う。

「取り調べをしている捜査員は必死でやっています」

榊原課長が驚いた顔で安積を見た。反論されたように感じたのかもしれない。安積は反論したつもりはない。事実を伝えただけだ。

榊原課長が言った。

「とにかく、署長は指名手配の方針のようだから、急いでくれ」

「はい」

安積は席に戻った。

午後五時頃、村雨から電話があった。

「藤井沙耶の自宅で、当該の車を確認しました。本人から話を聞きましたが、青海コンテナ埠頭でのことは何も知らないと言っています」

「篠崎との関係は？」

「付き合っているようです。篠崎が時折、部屋にやってくることは認めました」

「藤井沙耶は一人暮らしなのか？」

「はい。市内のマンションで暮らしています」

「車はどこにあった？」

「マンションの駐車場です」

「マンション住まいで車を持っているのか？　藤井沙耶の職業は何だ？」

「派遣社員だということですが……」

「身柄を取ってくれ」

「わかりました。任意同行で署に向かいます」

逮捕状がないのだから任意同行しかない。断られたら身柄を取ることはできない。だが、村雨なら何とかするだろうと、安積は思いながら電話を切った。

村雨たちが戻ってきたのは、午後六時二十分頃のことだった。藤井沙耶は人目を引く容姿をしている。

村雨が安積に言った。

「藤井沙耶は取調室に運びます。話を聞きますか？」

「おまえと桜井で調べてくれ。俺と速水が立ち会う」

「了解しました」

「派遣社員と言ったな？」

「はい」

「そういう感じじゃないな」

「派遣にもいろいろあります。水商売とか風俗にも派遣があるんです」

「なるほど」

安積は速水に電話をした。

「藤井沙耶の身柄が到着した。取調室で話を聞く」

「関係者の話からすると、藤井沙耶と篠崎は高校時代からの知り合いらしい」

「関係者？　どういう関係者だ？」

「マル走関係だよ」


取調室の藤井沙耶は、落ち着いて見えた。というより、開き直っているのだろうか。あからさまに抵抗することはなかったが、その眼《め》は反抗的だった。

村雨が彼女の正面に座り、桜井が記録席にいた。安積は壁際に立った。そこに速水がやってきた。

「何だ。俺たちはマジックミラーの裏から様子を見るんじゃないのか?」

安積はこたえた。

「マジックミラーがある部屋は限られているんだ」

速水は安積の隣に立った。

村雨が質問を開始した。氏名・年齢・住所・職業を尋ねる。藤井沙耶は不愉快そうな態度だが、質問にはちゃんとこたえた。

年齢は三十二歳だという。篠崎と同じ年だ。高校時代からの知り合いだという速水の情報に間違いはなさそうだ。

「派遣社員だということですが、実際にはどのような仕事をされているのですか?」

「ITよ」

「IT?」

「ゲームプログラマーなの。ウェブデザインもやるわ」

人は見かけによらない。村雨が安積のほうを見た。村雨も同じ思いだったのだろう。

20

「篠崎恭司を知っていますね」

その村雨の問いに、藤井沙耶は「知っている」とこたえた。

「どういう関係ですか？」

「高校時代からの知り合い」

「どんな知り合いですか？」

「遊び友達だった」

「篠崎はあなたの部屋に時々やってくるということですね」

「警察にとやかく言われるようなことじゃないと思うけど」

村雨はうなずいて言った。

「罪を犯していない者がどこを訪ねようと、警察は何も言いません」

「恭司が何をしたって言うの？」

村雨はその質問にはこたえず、さらに質問を続けた。

「今、篠崎恭司がどこにいるか知りませんか？」

「知らない」

「彼はお台場であなたの車に乗り、町田まで行ったことが確認されています。彼はあなたのマンションを訪ねたのではありませんか？」

「部屋には来ていない」

「でも、車はマンションにありました」

「勝手に置いていったんじゃない？　恭司もキーを持っているから」

「現場では、誰か別な人が運転する車に、篠崎が乗り込んだと思われます。誰が運転していたか知っていますか？」

「篠崎って、呼び捨てなわけ？」

「はい。警察では普通、被疑者は呼び捨てにします」

「被疑者？　何の被疑者なの？」

村雨はまた、その質問にこたえなかった。

「こちらが訊いたことにこたえていただきます。誰が車の運転をしていたのか、知っていますか？」

「それ、いつのこと？」

「一月二十八日火曜日の午後八時半頃ですね」

「知らない。まったく心当たりがない」

「その日時に、あなたはどこにいらっしゃいましたか？」

この質問は、ほぼ百パーセント相手を不快にさせる。だが、藤井沙耶は平然とこたえた。

「仕事をしていた」

「どこで、ですか?」

「自宅よ。作業は自宅、会議や打ち合わせもリモートがメインだから……」

「それを証明できる人は?」

「いない。証明できないとヤバい?」

「そうですね。あなたが運転していたことを否定できないので……」

「運転なんかしていない。誰が車を動かしたのかも知らない。ねえ、私は何を疑われているの? どうして警察に連れてこられたわけ?」

「篠崎の共犯、あるいは犯人隠避の疑いです」

「だから、恭司が何をやったのかって訊いているのよ」

村雨ではなく、速水がこたえた。

「あいつは、警察に喧嘩《けんか》を売ったんだ」

藤井沙耶は速水を見た。相変わらず反抗的な眼差《まなざ》しだが、幾分かの驚きも見て取れた。

「警察に喧嘩を売った……?」

「そうだ。おかげで俺はこんな有様だ」

速水は三角巾《さんかくきん》で吊《つ》った腕を動かしてみせた。

「腕を怪我《けが》させられたのが悔しくて、恭司を捕まえようとしているわけ?」

「悔しい思いをしているのは俺じゃない。篠崎だよ。あいつは仲間を大勢集めたが機動隊にあっさりやられちまった。それで逃げ出したんだ。そのときに使ったのが、あんたの車というわけだ」

取り調べに割り込んできた恰好《かっこう》だが、安積は何も言わなかった。速水なら何か聞き出してくれるかもしれないという期待感があった。

「何それ」

藤井沙耶はそっぽを向いた。

彼女は事情を知っている。その仕草を見て、安積はそう思った。

「何それ、か」

速水が言った。「俺もそう思うよ。あいつは迷走している。たぶん、この先どうしていいかわからなくなっているんだ」

藤井沙耶が薄笑いを浮かべた。

「恭司が迷走してるですって？　彼に限ってそんなことはあり得ない。迷うことなんて絶対にないんだ」

「高校時代からの付き合いだそうだが、俺もやつとは長い付き合いだ。だから言うが、あいつだって迷うし、どうしていいかわからないこともあるさ」

藤井沙耶はかぶりを振った。

「あんた、恭司のことを知らないんだ。今どきは男らしい男なんてほんとにいなくなったけど、恭司は間違いなく男なんだよ」

「最近は男だ女だとあまりジェンダーのことを言っちゃいけないんだ」

「そんなこと言ってるから、本当の男がいなくなっちまうんだよ」

「暴力振るうやつが男だというのか？」

「そういうことじゃない。自分がこうと思ったことは何が何でもやり通すんだ。誰にも邪魔させない。それが恭司なんだ」

どうやら藤井沙耶は篠崎に心酔しているようだ。篠崎のような反社会的勢力をカリスマにしてはいけない。安積は強くそう思った。

速水が言った。

「じゃあ、どうして今、篠崎は逃げているんだ？」

藤井沙耶は虚を衝《つ》かれたように押し黙った。

速水がさらに言った。

「仲間を集め、けしかけておいて、自分は姿をくらましたんだ。それはなぜだ？」

藤井沙耶は何も言わない。

「お台場の集会のことを、あんた、知っていたな？」

速水が突然質問を変えた。つられるように、藤井沙耶が言った。

「集合をかけたのは知っていた」

「あんた、それを止めたんじゃないのか？」

再び藤井沙耶は言葉を呑《の》んだ。

速水は彼女を巧みに揺さぶっている。

そして速水は沈黙した。藤井沙耶が何か言うまで待つつもりだ。

やがて、藤井沙耶が言った。

「私が止めたって、聞くはずもない……」

「車を貸せと言われたんだな？」

彼女は、開き直ったように言った。

「ああ。車なんて好きにしなって言ったんだ」

速水は村雨を見た。

それを受けて村雨が藤井沙耶に言った。

「あなたは、篠崎が仲間に集合をかけたのを知っていた。そして、彼に頼まれて車を貸した。それで間違いありませんね？」

藤井沙耶は何事か考えている様子だった。言い訳を考えているのだろう。やがて諦《あきら》めたように彼女は言った。

「ああ。それで間違いないよ」


安積と速水は一足先に取調室を出た。

安積は言った。

「取り調べがうまいな。刑事にスカウトしたくなる」

「藤井沙耶もマル走の経験があるらしい。ああいうやつらの扱いは慣れている」

「マル走？　それが今じゃゲームプログラマーか？」

「そういう例もある。マル走全員が半グレになるわけじゃない」

「彼女は篠崎をカリスマだと思っているようだ。それは認めてはいけない気がする」

「ふん。どんな偶像もいずれは地に落ちる」

速水はどこか淋《さび》しげに言った。「男と女ならなおさらだ」


席にいると、村雨が戻ってきて言った。

「供述は録取しましたが、藤井沙耶の身柄はどうしますか？」

「任意だからこれ以上拘束するわけにはいかないが、篠崎を見つけるまでは放免にしたくないな……」

これだけ言えば、村雨が何か解決策を見つけてくれる。安積はそう思っていた。村雨はその期待にこたえた。

「犯人隠避の疑いで取り調べを続けるという名目でしばらくいてもらいましょうか」

「本人が帰ると言ったら止められないぞ」

「下手《したて》に出て協力を求めますよ」

「おまえが下手に出るって？」

「ええ。いくらでもやりますよ」

「もうすぐ篠崎の逮捕状が取れるだろう。そうすれば指名手配できるので、それまで何とか頼む」

「わかりました」

村雨はいったん取調室に戻った。それと入れ違いで真島係長がやってきた。

「証言が取れたぞ。あの集会の首謀者は間違いなく篠崎だ。やつが、直接声をかけて人を集めたんだ」

「藤井沙耶も同様の供述をしてる」

「やっぱり篠崎の彼女なのか？」

「そうらしい。篠崎が集会を計画していることを知っていたと言っている」

「これで逮捕状が請求できるな」

「すぐに手配する」

安積はパソコンの蓋《ふた》を開けた。

真島係長が尋ねた。

「それで、篠崎の居場所はわかったのか？」

「まだわからない。藤井沙耶も知らないと言っている」

「どこかに匿《かくま》っているんじゃないのか？」

「まだ身柄は署にあるので、引き続き追及してみるが……」

「匿っていても、指名手配すりゃ見つかるさ」

「そう思いたいな」

真島係長がその場を去ると、安積はパソコンで逮捕状の請求書を作りはじめた。いつもは桜井か須田にやらせるのだが、二人とも席にいない。

書類は雛型《ひながた》があるのですぐにできる。あとは警部である榊原課長の判をもらえばいい。裁判官に逮捕状を請求できるのは、検察官か警部以上の警察官だが、実際に書類を作り窓口に持っていくのは現場の係員たちだ。

請求書の内容を確認し課長に判をもらった。さて、自分で裁判所に持っていこうかと考えていると、そこに須田と黒木が戻ってきた。

例によって須田が一方的に何か話しており、黒木は時折うなずきながら黙ってそれを聞いている。

「あ、係長。今町田から戻りました。どうやら篠崎は、車を藤井沙耶のマンションに戻した後、徒歩でどこかに行ったようです。おそらく町田駅から電車に乗ったようなんですが……」

「わかった」

安積はそう言ってから逮捕状の請求書を差し出した。「篠崎の逮捕状を取る。請求書を提出してきてくれ」

須田の表情が引き締まる。必要以上に鹿爪《しかつめ》らしい顔だ。

「じゃあ、すぐに黒木と行ってきます」

「頼む」

戻ってきたばかりの二人がまた出かけていく。須田は精一杯急いでいるようなのだが、その後姿はよたよたしている。黒木はそれを追い抜かぬように慎重に足を運んでいるように見えた。

逮捕状が交付されたのは午後七時過ぎのことだった。すぐに指名手配の手続きを取った。安積は、それを地域課の末永課長に知らせておこうと思った。

地域課に行くと、末永課長は席で誰かと話をしていた。安積に気づくと、向こうから声をかけてきた。

「安積係長。俺に用か？」

安積は課長席に近づいた。

「はい。篠崎が指名手配されましたので、それをお知らせしようと思いまして」

末永課長は苦笑した。

「わざわざあんたが知らせに来なくたって、指名手配となれば地域課にだって知らせは来る」

「直接お知らせしたかったんです」

「電話で済む」

そう言いながら、末永課長はどこか嬉《うれ》しそうだった。

「一刻も早く見つけたいので、ご協力をよろしくお願いします」

「言われなくたってやる。それが地域課だ」

「はい。では失礼します」

その場を去ろうとすると、末永課長が「安積」と呼んだ。

「はい」

「任せろ。期待していていいぞ」

安積は礼をして末永課長のもとを離れた。

強行犯第一係に戻ると、須田と黒木が席にいた。

須田が言った。

「自分らはまた、町田に戻りましょうか?」

安積はしばらく考えてから言った。

「いや。おまえたちはここでしばらく待機していてくれ。篠崎は電車に乗って町田を離れたかもしれないんだろう?」

「ええ、そうですね。でも、捜査員の多くはまだ町田で捜査していますから……」

「それが効果的だと思うか?」

須田が考え込んだ。見ていて気の毒なほど真剣な顔で何事か考えた末に、彼は言った。

「いえ。町田で見つかる可能性は低いと思います」

「だったら、ここにいてくれ」

「わかりました」

それから約二時間後の午後九時過ぎ、末永地域課長から安積あてに電話があった。

「篠崎らしい人物を見つけた」

彼が言ったとおり、本当に地域課係員が見つけたということだ。

「臨海署管内ですか?」

「ああ。たぶん、あんたらにはお馴染《なじ》みの場所だ」

「どこです?」

「カルロっていう飲食店だ」

「おっしゃるとおり、馴染みの場所です」

「パトロール中の係員が店に入っていく姿を見かけた」

「篠崎に間違いありませんね?」

「地域課を舐《な》めるなよ」

安積が礼を言うと、末永課長は「じゃあな」と言って電話を切った。

安積は須田と黒木に言った。

「篠崎はカルロにいるらしい。地域課が知らせてきた」

黒木が即座に立ち上がった。須田も椅子《いす》のキャスターをがちゃがちゃいわせて腰を上げる。

「急行します」

須田の言葉に、安積はこたえた。

「いいか。俺たちが行くまで触るな」

「了解です」

二人は出かけていった。

安積はまず暴対係に行き、真島係長に篠崎がカルロにいるらしいと告げた。

「捕り物だな」

真島係長が言った。「係員を集めてすぐにカルロに向かう」

安積はうなずいた。

「すでに須田と黒木が向かっている。触るなと言ってある」

「わかった。合流して様子を見る」

「頼む」

それから安積は、交機隊の分駐所に行った。交機隊は日勤だが、速水は残業をしていた。

「まだいたか」

安積が言うと、速水は顔を上げた。

「取り調べに付き合ったりしたんでな。書類仕事が終わらない」

安積は篠崎のことを知らせた。すると、速水は言った。

「町田からこっちに戻っていたというわけだ」

「その理由がわかるか？」

「今やカルロはやつのアジトだ。何をやるつもりか知らないが、取りあえずホームグラウンドに戻ったってことだろう」

「俺はこれからカルロに向かう」

「俺の車を使え」

「俺の車？　交機隊の車という意味か？」

「覆面車を用意できる」

速水は立ち上がり、壁のボードに吊り下げられていた車のキーを取った。それを安積に手渡す。

「腕がこの有様だから、おまえが運転してくれ」

速水はすでに歩き出している。

安積は速水のあとを追いながら、携帯で村雨にかけた。

「今どこだ？」

「取調室です」

「桜井もいっしょか？」

「はい」

「篠崎が見つかった。カルロにいるらしい。だから、藤井沙耶にはもう帰ってもらっていい」

「了解です」

「水野に連絡して、おまえたちもカルロで合流してくれ」

「わかりました」

臨海署の駐車場には交機隊分駐所のパトカーや白バイが並んでいる。速水はシルバーグレーの覆面車を指さした。

安積が運転席に乗り込むと、速水は助手席に座った。

車のエンジンを始動させた。

21

「篠崎を見つけたらどうするつもりだ」

助手席の速水が言った。

運転のプロが隣にいるというのはプレッシャーを感じるものだ。交機隊の隊員も速水が助手席にいたら同じようなことを感じるに違いないと思いながら、安積はこたえた。

「指名手配されているんだ。逮捕する」

「簡単にいくかな……」

「簡単じゃなくても、やらなけりゃならない」

「そうだな」

「おまえはどうするつもりだ？」

「この腕じゃ見ているしかないだろう」

「現場に行くことはないんだ」

「車を借りておいて、そういうことを言うなよ」

「篠崎に会いたいのか？」

この質問に、速水はしばらくこたえなかった。何事か考えている様子だ。

安積は無言で返事を待った。やがて速水は言った。

「あいつとは腐れ縁だからな。逮捕されるとしたら、それをちゃんと見届けなければ……」

「あいつに、共感しているのか？」

「共感だって？」

「ずいぶん気にかけているように見える」

「気にかけている。だが、共感などではない。あいつはＡＳＰＤだ」

「反社会性パーソナリティー障害のことだな」

「そう。ソシオパスやサイコパスのことだ」

「ソシオパスとサイコパスは違うものなのか？」

「よく似ているが、専門家は分けて考えるべきだと言っている。ソシオパスは行動が行き当たりばったりで衝動的だが、サイコパスは社会に溶け込む方法を知っていて、反社会的な傾向を隠すことができる。そして、サイコパスは人を操る傾向が強いんだそうだ」

「へえ……。よくそんなことを知ってるな」

「マル走のヘッドなどはきわめて冷酷だが一種のカリスマ性を持っていることが多い。そういうやつらの中にはかなりの確率でサイコパスがいるからな」

「篠崎もそうだということだな？」

「典型的だ。あいつには他人との共感とか道徳的な良心というものがない。理解できないんだ」

「それなのに、多くの仲間がいるんだな」

「人を操るために、共感を装うんだ。きわめて冷酷で残忍な行動を取りつつ、時には理解を示す。

そうすることで、仲間は言うことをきくようになる」

「危険なやつだと、おまえは考えているわけだ」

「危険だ。だから、放《ほう》っておくわけにはいかない。あいつが野放しになっているのは、羊の群れの中を狼《おおかみ》がうろついているようなものだ。俺《おれ》が気にかけているというのは、そういう意味だ」

「羊の群れの中の狼か……」

「狼は捕まえて、檻《おり》に閉じ込めるべきだ」

速水がそう言ったとき、カルロに到着した。安積は駐車場に車を入れた。

車を降りると、速水が空を見上げた。何を見ているのだろうと思い、安積も見上げた。

速水が言った。

「冬の大三角形だ」

「何のことだ？」

「あそこにも狼がいる」

ますますわからない。安積が眉《まゆ》をひそめていると速水が言った。

「星だよ。明るい星が大きな三角形を描いている。一つはオリオン座のベテルギウス、一つはこいぬ座のプロキオン。そして、もう一つがおおいぬ座のシリウスだ。シリウスは太陽以外で最も明るい恒星なんだ。中国では天狼星《てんろうせい》と呼ばれているそうだ」

「なるほど、天の狼か」

そのとき、先に到着していた須田と黒木が近づいてきた。

安積は尋ねた。

「篠崎は店にいるのか？」

須田がこたえた。

「ええ。彼らが言うには、中にいるそうですが……」

須田の視線の先には、二名の地域課係員がいた。彼らが篠崎を発見した係員に違いない。

「おまえたちは、まだ姿を見てないんだな？」

安積が尋ねると須田がこたえた。

「まだ見ていません」

「所在を確認するには、店に入ってみるしかないな」

「はい」

「逮捕令状は誰《だれ》が持っている？」

須田がこたえた。

「俺が持ってます」

「じゃあ、おまえが執行してくれ」

須田はちらりと速水を見てから言った。

「え……？　俺でいいんですか？」

すると、安積より早く速水が言った。

「おまえがやるんだ。篠崎に手錠をかけてやれ」

須田ががくがくとうなずいた。

「わかりました」

そこに、村雨、桜井、そして水野がやってきた。

安積は村雨に言った。

「中の様子がわからない。暴対係が来たら、とにかく入ってみることにする」

「店の規模からして、相手が二十人も三十人もいるとは考えられませんね。いても十人ほどでしょう」

村雨らしい冷静な読みだ。

桜井が言った。

「十人でも充分物騒だなあ……」

それに村雨がこたえる。

「術科の腕を実戦で試すいい機会だ」

警察官の中にはこうした修羅場を、合法的に喧嘩《けんか》ができるからと歓迎する者もいる。世間的にはあまりほめられたことではないが、それくらいでなければ、現場ではつとまらないのも事実だ。

特に、暴対係や本部の暴対課の連中はそうだろう。

午後九時二十分を過ぎた頃《ころ》、真島係長が、その暴対係を率いて到着した。

「すまないな。全員そろうのを待っていたら遅くなっちまった」

暴対係は、真島係長を含めて七名だ。

強行犯第一係は六名、そして地域課係員が二名いるので、こちらの陣容は計十五人だ。怪我人《けがにん》の速水は計算に入れない。水野は女性だが、戦力として数える。

安積は真島係長に言った。

「あの地域課の二人が篠崎を見つけたようだ」

「まだ触ってないんだな？」

「触っていない。俺たちは姿を見ていない」

「じゃあ、中に入って確かめるしかないな」

「須田が逮捕令状を持っている」

「そうか」

真島係長がうなずいてから、捜査員たちを見回して言った。「これだけの人員がいれば、機動隊も必要ないな。黒木もいることだし」

黒木は何も言わずに、店の出入り口のほうを見つめている。そこに動きがないか警戒しているのだろう。

安積は真島係長に言った。

「さて、どうする？」

「須田が逮捕状を執行するんだろう？　じゃあ、俺たちが花道を作ってやるよ」

「中に入る者と外で待つ者に分けないのか？」

「こういうときはな、全員で行くんだ。喧嘩ってのはな、数なんだ」

篠崎の逮捕はあくまで公務だ。だが、相手が喧嘩を売ってくるなら買うと腹を決めた。署長も納得している。

「わかった」

安積は言った。「全員で行こう」

「つまり……」

速水が言った。「俺も行っていいってことだな?」

安積はこたえた。

「行くなと言っても行くんだろう。それに、おまえには篠崎が捕まるところを見届ける責任がある」

速水は無言でうなずいた。

「さあ、まずは俺たちが露払いだ」

真島係長がそう言って出入り口に向かった。それに、暴対係六名が続く。

安積は言った。

「俺たちも行くぞ」

安積と速水は並んで駐車場を進んだ。それに安積の部下五人がついてきた。

店の中に入ると、真島係長の前に誰かが立ちはだかっているのが見えた。

店長の小倉だった。

安積は、暴対係員たちの間を通って歩み出た。

「どうした？」

安積が尋ねると、真島係長がこたえた。

「警察を呼んだ覚えはないと言うんだ」

安積は小倉に言った。

「あなたにも店にも用はありません。俺たちは、篠崎に用があるんです」

小倉が言った。

「店の中では好き勝手はさせませんよ」

顔色が悪い。緊張しているのだろう。あるいは恐怖を感じているのか……。

警察を恐れているわけではない。警察の介入を許すと、あとで篠崎に何を言われるかわからない。暴力を振るわれるかもしれない。それを恐れているのだ。

安積は言った。

「好き勝手をするわけじゃありません。我々は逮捕令状を持っています。ご存じかと思いますが、令状は裁判所が強制処分を認めたことを示す書類です。我々はこれから、法に則《のっと》ってそれを執行するのです」

「令状……」

小倉の顔色がますます悪くなる。

「はい」

安積はこたえた。「篠崎に対してそれを執行します。いくらこの店の店長であっても、あなたにそれを邪魔する権限はありません」

「し、しかし……」

「もし、邪魔をしたら、あなたを公務執行妨害で現行犯逮捕することになります」

「ばかな……」

「あなたは、篠崎を恐れて我々に逆らおうとしているのでしょうが、今ここで腹を決めることです」

「腹を決める……?」

「そう。今後も篠崎の言いなりになって、店を半グレたちに占領されつづけるか。それとも、昔のような店に戻すか」

小倉は目を見開いて安積を見ている。何か言い返したいらしいが、言葉が見つからない様子だ。

「つまりこういうことです」

安積はさらに言った。「篠崎の側につくか、警察の側につくか。それを今決めるべきだと……」

小倉は同じ表情のまま安積を見ていた。

真島係長が言った。

「そこをどいてくれませんか」

小倉は、しばし躊躇《ちゅうちょ》していたが、やがて退いてその場を空けた。

真島係長と暴対係員たちが進んでいく。ほうぼうの席に分散して座っている篠崎の仲間たちの間に緊張が走る。

篠崎は、奥の席にいた。真島はそこを目指している。暴対係員たちは、さすがに場慣れをしている。周囲に目を配りながら、慎重に歩を進めている。

速水が隣にやってきたので、安積は言った。

「半グレは、ざっと十人だな」

すると、後ろにいた黒木が言った。

「篠崎を入れて十二人です」

それを受けて、速水が言った。

「十二対十六だ。こっちに分があるな」

安積は言った。

「十六じゃなくて、十五だ。おまえは戦力外だ」

「腕くらい折れていたって、やれるぞ」

「おとなしくしてろ」

篠崎は、テーブルに向かって座っていた。無言で真島係長を見つめている。その表情が読めない。

緊張も興奮もしていない。怒りを感じている様子もない。ただ、面白そうに真島係長を眺めているのだ。速水が言ったとおり、ＡＳＰＤなのだろう。

真島係長の部下たちは、二列縦隊で進んでいった。

おもむろに幅を広げて、列と列の間に人が通れる道を作った。これが、真島係長が言っていた須田のための「花道」だ。

半グレたちは殺気立っている。街中で会ったら眼《め》をそらしたくなるようなやつばかりだ。

どうしてこういう連中がいるのだろう。安積は思う。

グレるのには理由があるのだろう。多くは、家庭の問題に違いない。家庭内に問題があると、そのしわ寄せは子供に及ぶ。

例えば、DVのある家庭に育った子供は暴力的になる。日常的に暴力に接しているから、それが他人と接するときの基準になるのだ。

簡単に言うと、自分がやられたことは、他人にやりかえすということだ。

差別の問題もある。ここにいる連中の中には両親かあるいはどちらかの親が外国人だという者がいるのではないか。

生まれたときから差別を受け続ける。何もしていないのに他人の悪意にさらされる。その理不尽さに耐えられる者は少ない。

やがてそういう境遇の者は世の中を怨《うら》み、怒りだけを拠《よ》り所に生きていくようになる。

不幸な生い立ちのために反社会的勢力の一員となってしまった人々を救うべきだという意見もある。更生させるべきだと……。

それは正論だが、事実を知らない者の意見だと、安積は思う。

おそらく、ここにいる十二人は、更生などしない。検挙されても、社会に戻れば同じことを繰り返すのだ。

反社の中には決して更生などしない者が一定の割合でいる。速水の表現を借りれば、それは羊の群れの中の狼だ。

共存することは難しい。羊はなるべく狼と接しないように生きていくしかない。羊飼いは狼から羊を守る努力をしなければならない。

俺たち警察官は、羊飼いだと安積は思う。

狼を見つけたら排除するしかない。時には実力をもって……。

速水が小声で安積に言った。

「おそらくこの中に、俺の腕を折ったやつがいる」

「見つけたら言ってくれ。傷害罪で逮捕する」

店内の緊張感は徐々に高まっていく。誰かがきっかけを作れば、たちまち大混乱になりそうだ。

列を作っている暴対係員と椅子《いす》に座っている半グレたちが睨《にら》み合っている。

それを見て安積は思った。こいつらはどうしてこんなに凶悪な顔ができるのだろう。怨みと怒りだけで生きているように見える。

残念だが、人はそこから逆戻りはできない。彼らを救おうなどと考えるのはやはり間違いで、羊飼いは徹底的に狼と戦わなければならないのだ。

おそらく、真島係長も同じことを考えているだろう。安積はそう思った。

緊張感はさらに高まっていく。口をきく半グレは一人もいない。

真島係長が大声で言った。

「動くなよ。動いたやつは即、しょっぴくぞ」

その一言がまた緊張感を高める。

「花道」を真島係長が進んでいく。そのあとを須田がついていく。安積と速水がそのすぐ後ろにいた。

安積の後ろには黒木がいる。

村雨・桜井・水野は、暴対係の列の向こう側にいて、事態を見守っている。

速水は、半グレたちを見回している。自分の腕を折ったやつを本気で探しているのだ。

真島係長が、篠崎の前で立ち止まった。二人が視線を交わす。真島係長の眼差《まなざ》しは厳しいが、篠崎は相変わらずだった。その眼には何の感情も浮かんでいない。

篠崎の両脇《りょうわき》には、手強《てごわ》そうな半グレがいた。どちらも体格がよく、何かの格闘技をやっていそうだ。

篠崎は何の感情も見せないが、その二人は反感むき出しだった。明らかに真島係長を威嚇している。

篠崎が、ふとつまらなそうに眼をそらした。それはいかにも気紛《きまぐ》れな様子だった。ＡＳＰＤの連中は気分にむらがあるのだ。

真島係長が横に移動して場所を空けた。そこに須田が歩み出た。

いつもおどおどして見える須田が、意外なことに堂々としている。篠崎の前に出たが、気後れした様子もない。

須田が背広の内ポケットから逮捕令状を取り出して広げた。それを篠崎に向けて掲げたとき、篠崎の右側にいた半グレが勢いよく立ち上がった。

そして、わめきながら須田に迫った。

「てめえ、何だそれ。ふざけてんじゃねえぞ」

逮捕令状に手を伸ばす。

須田が一瞬凍り付いたように身動きを止めた。相手の手が逮捕令状を奪い取ろうとする。その瞬間に、黒木が動いた。

すいっと須田と半グレの間に滑り込むと、半グレの腕をそっと押さえた。それだけで、半グレは尻餅《しりもち》をついた。

まるで魔法を見ているようだと、安積は思った。剣道で鍛えた体捌《たいさば》きがなせる技だ。

「なにしやがんだ」

弾《はじ》かれたように立ち上がり、つかみかかろうとする半グレの腕を取り、黒木はくるりと反転する。

相手の肩関節を決めて押さえつけていた。

真島係長が言った。

「動くなと言ったはずだ。おい、公務執行妨害の現行犯逮捕だ」

その言葉を受けて、暴対係員二名が黒木から相手の身柄を預かり、手錠をかけた。

真島係長がその半グレに言った。

「おまえらは警察や検察といった司法機関のことをなめていて、捕まることとなんてどうってことないと思っているだろうがな、これから逮捕・起訴されて、有罪になり収容されるってことがどんなものなのか、身をもって体験するんだ。言っておくが、甘くはないぞ」

逮捕された半グレは真島係長を睨みつけている。ぺっとつばを吐いた。

真島係長がさらに言った。

「おっと。軽犯罪法違反も加わったな。刑務所に入っても、すぐに出てこられると思ってるんだろう。だがな、世間は厳しいぞ。ムショ帰りがどんな目にあうか味わうがいい。ヤクザにでもなればいいと考えているのかもしれないが、そうなれば、俺たちが暴対法で締め上げてやるから覚悟しろ」

これは、目の前の半グレだけに言っているのではない。篠崎と、その仲間全員に向けたメッセージなのだ。

真島係長が須田に言った。

「邪魔したな。続けてくれ」

22

暴対係員二名が、半グレを連行していった。迎えのパトカーか捜査車両が来るまで、彼らは外で待っていなければならない。

その間、こちらの陣営は二名足りなくなる。篠崎の側は一人減ったので、十三対十一となったわけだ。

まだ数的には有利だが、もし目の前の連中が刃物でも持っていたら事情は変わってくる。

安積は、半グレたちの様子が少々変化したことに気づいた。それまで殺気に満ちていたが、少しばかりテンションが下がったように感じられる。

彼らは、黒木の強さに改めて度肝《どぎも》を抜かれたのだ。おそらく、須田から令状を奪おうとしたやつは、相当に強いやつに違いない。

篠崎の右側を固めていたことからもそれがわかる。仲間の中でも一目置かれていたのだろう。

黒木はそれをあっという間に、それもごくさりげない所作で制圧してしまった。

さらに、真島係長の言葉が効いているのだと思った。普段は、警察官の言葉になど耳を貸す連中ではないが、こういう特殊な状況下では事情が違う。

彼らは、真島係長の言葉を現実として受け止めたのだ。

須田は逮捕令状を掲げ、言った。

「篠崎恭司。午後九時四十六分、凶器準備集合罪の容疑で、逮捕します」

するとと、篠崎が言った。

「俺がおとなしく捕まると思うか？」

その瞬間に、再び周囲の半グレたちの緊張感が高まるのがわかった。彼はまだ影響力を持っている。

速水が笑みを浮かべて言った。

「そういうのを、往生際が悪いって言うんだ」

篠崎が立ち上がった。そして、黒木を見た。黒木は、ひっそりとただ立っているだけだ。

二人の眼が合った。

篠崎の眼から感情は見て取れない。同様に黒木の眼にも激しい感情はない。あくまでも静かな眼差しだが、実はこれが黒木の臨戦態勢であることを、安積は知っていた。

二人が戦ったとして、黒木が負けるとは思えない。だが、それをきっかけとして、店内で乱闘が始まるのではないかと、安積は危惧《きぐ》した。

二人は見つめ合ったまま、静かに対峙《たいじ》している。

店内の緊張感は高まっていく。半グレも緊張している。暴対係員たちも緊張している。安積も緊張していた。

その緊張感が限界まで達したと、安積が感じたとき、篠崎がふっと体の力を抜いた。黒木から眼をそらす。

黒木は同じ姿勢、同じ視線のままだ。

篠崎がつぶやくように言った。

「つまんねえな……」

そして彼は須田のほうを向いた。

「俺、逮捕されたんだろう？　じゃあ、行こうか」

須田が安積に言った。

「身柄を臨海署に運びます」

安積は言った。

「車で来ている。それを使おう」

「おい、須田」

真島係長が言った。「手錠だ。篠崎にワッパを打て」


篠崎に手錠をかけると、またしても店内の雰囲気が変わった。緊張感が一気に消失したのだ。

半グレたちは、それぞれに身じろぎをしながら成り行きを見守っていた。中にはひそひそと何事か囁《ささや》き合うやつらもいる。

篠崎は一切抵抗しなかった。何を考えているのかまったくわからないが、とにかくおとなしくしてくれているのには助かった。

須田と黒木が篠崎を連行していく。それを追って出入り口に向かおうとした安積に、速水が言った。

「見つけたぞ」

「おまえの腕を折ったやつか？」

「ああ。あの首にタトゥーを入れている短髪のやつだ」

これも凶悪な顔をしている。

安積はうなずくと、速水と二人でその男に近づいた。

その男は、怪訝《けげん》そうな顔をして言った。

「何か用か？」

安積は言った。

「名前は？」

「何で俺が名乗らなきゃならないんだ」

すると、速水が言った。

「警察官に名前を聞かれたらすなおにこたえるもんだ」

「知るか」

安積はもう一度尋ねた。

「名前は？」

男は気まずそうに舌打ちしてからこたえた。

「石津《いしづ》だ」

「石津……。下の名前は？」

「武志《たけし》」

「石津武志」

安積は言った。「午後九時五十分。石津武志。凶器準備集合罪および傷害罪の疑いで逮捕する」

「え……？　逮捕……？」

きょとんとした顔になった。

安積は速水を指さして言った。

「この男を覚えているな？」

石津がさらに怪訝そうな顔になった。

速水が言った。

「どうやら覚えていないようだな。だが、俺ははっきり覚えている。青海コンテナ埠頭《ふとう》でのことだ。絶対に忘れないからな」

すると石津の顔色が悪くなった。

「てめえ、その仕返しをしようってのか？」

速水がこたえる。

「そうだ。警察官に手を出したらどういうことになるか教えてやる。しばらく勉強してこい」

安積が石津の両手首に手錠をかけた。

篠崎の身柄を臨海署に持ってきたのは、十時過ぎのことだ。車に乗っている間も、彼はまったく無言だった。

まさか、完黙じゃないだろうな……。安積はそう思った。中途半端な黙秘は検事や判事の反感を買うだけだが、完全黙秘は実はなかなか厄介だ。

供述が録取できないので、容疑を固めることができない。送検しても、検事が起訴を渋ることがある。

須田が言った。

「すぐに取り調べを始めますか？」

安積はこたえた。

「篠崎の身柄確保のことを、まず課長に知らせようと思う」

「もう寝てるかもしれませんよ」

「そうかもしれないな……」

「とにかく、篠崎を取調室に入れておきます」

「頼む」

「もうひとりの逮捕者はどうします？」

「石津か？　別の取調室で、誰かに取り調べをやってもらってくれ」

「係長は？」

「俺と速水で、篠崎から話を聞く」

「わかりました。記録係には黒木をつけます」

いざというときのボディーガードというわけか……。

安積は強行犯第一係で速水を待たせておいて、榊原課長に電話をかけた。まだ寝てはいなかったらしく、すぐに電話に出た。

「どうした」

「夜分、恐れ入ります。篠崎を確保しました」

「逮捕だな？」

「はい。逮捕令状を執行しました」

「そうか」

「これから取り調べです」

「わかった。署長に知らせるから、しばらく待機していてくれ」

電話が切れた。

安積は速水に言った。

「しばらく待っていろと言われた」

「かまわんさ」

速水は言った。「どうせ、長丁場になるだろう」

「篠崎はどんなやつなんだ？」

「何度も見ているだろう」

「生い立ちとか聞いたことがない」

「特別なことは何もない。ごく普通の家庭で育ったんだ」

「両親が離婚しているとか、不仲だとかいう問題はなかったのか？」

「ない。どこにでもある当たり前の家庭だ」

「それなのに、マル走になるんだ……」

「だから、やつはＡＳＰＤだと言っただろう。理由なんかなく、ただ暴力を振るい、人を支配するのが好きなんだ」

「育った環境のせいじゃないんだな？」

「環境の要素は少ない。生まれつき、昆虫の足をもぐのが好きだったり、犬や猫を虐待するのが好きな子供が一定数いる。篠崎はそういうやつだったんだ」

電話が振動した。

「署長からだ」

速水にそう言ってから、安積は電話に出た。

「安積係長か？　篠崎を逮捕したそうだな」

「はい。身柄を臨海署に運びました」

「いいか。本丸は新藤だってことを忘れるな。一言でいいから、篠崎に新藤との関係をしゃべらせろ」

「承知しました」

「頼んだぞ」

電話が切れた。

安積は速水に言った。

「じゃあ、取調室に行こうか」


記録席の黒木は、篠崎に背を向けていた。だが、隙《すき》があるわけではない。何かあればすぐに対処できる体勢だ。

篠崎はまっすぐにスチールデスクに向かっていた。半端なチンピラは、斜めに座って足を組んだりするが、彼はそうではなかった。

背中を伸ばして、正面を見据えている。その眼からはやはり何の感情も見て取れない。安積がその正面に座った。

速水は壁によりかかって立っていた。

安積はまず名乗った。取り調べをするときには必ず名乗ることにしていた。それから、篠崎に、氏名、年齢、住所を尋ねた。

篠崎は、何もこたえなかった。ただ、安積を見ているだけだ。

安積は、もう一度同じ質問をした。

こたえはない。

やはり完黙のつもりか……。

「黙秘ですね？」

安積は言った。「たしかにあなたには、黙秘権があります。しかし、だからといって起訴を免れるわけではありません。送検された後に、検事による取り調べがありますが、おそらく検事は何度も勾留《こうりゅう》を延長して厳しく追及するでしょう」

これは希望的観測とも言える。「これじゃ起訴できない」と検察官が突っぱねることもあり得る。

篠崎の表情は変わらない。そんなことには興味がないという態度だ。

本当に興味がないのかもしれない。もしかしたら彼は、俺たちの社会とは全く別の世界で生きているのではないだろうか。安積はそんなことを思った。

「あなたは、青海コンテナ埠頭に、凶器を持った仲間を集合させたという容疑で逮捕されました。それを認めますか？」

篠崎の態度に変化はない。

安積はさらに言った。

「また、あなたにはあそこにいる速水警部補を同じく青海コンテナ埠頭に呼び出して、集団で暴行を加えた疑いがあります。それを認めますか？」

無言。

「柿田義雄、福智吾郎、飯塚満。この三人を知っていますね？　あなたはこの三人に、スナックちとせでの暴行及び器物損壊を指示した……。間違いありませんね？」

反応はない。

「高野耕一、石毛琢也。この二人も知っていますね？　スナックちとせ同様に、この二人にガンダム像のある商業施設の前で、恐喝や暴行を指示しましたね？」

安積はしばらく相手の返事を待ってみた。だが、やはり返答はない。

黒木はパソコンのキーを叩《たた》いている。安積の言葉だけが記録されているわけだ。

長丁場になるだろうという速水の言葉を思い出した。逮捕後四十八時間以内に送検しなければならない。

丸二日、付き合ってやろうじゃないか。

それまでにまったく供述を録取できないとなれば、検察官は渋い顔をするだろう。起訴できないから出直せなどと言う検察官もいるかもしれないのだ。

それを覚悟の上で、精一杯追及をしようと、安積は思った。

沈黙を破って、速水が発言した。

「しゃべる気がないなら、それでいいさ」

篠崎は安積から視線をそらし、ゆっくりと速水のほうを見た。その眼差しにも感情の動きはない。

速水は篠崎がどんな態度を取ろうと関心がないという顔で、話を続ける。

「おまえは、機動隊の姿を見るなり、青海コンテナ埠頭から逃げ出したんだ。そして、藤井沙耶の自宅を訪ねた。匿《かくま》ってもらおうと思ったんだろう。逃げたってことは、罪を認めたってことだ」

それでも篠崎は口を開かない。

完全黙秘が唯一有効な手段だということを、篠崎は知っているのだ。だが、実はその効果は未知数だ。速水が言ったように、本人の供述なしでも、検察官に説明すれば起訴に持ち込めるかもしれない。

「俺に報復することを考えていたのなら、見所のあるやつだと思ったことだろう。そういう話なら、また受けて立ってやるよ。だが、どうやらそうじゃなさそうだ。おまえは単に、誰かに命じられて動いていただけらしいな。そいつはがっかりだな」

篠崎は相変わらず速水を見ているだけだ。だが、その表情がわずかに変化したように安積は感じた。

彼は、かすかだが笑みを浮かべたのだ。速水が言うことを面白がっているようだ。

速水はそんな篠崎の変化になど、一切かまわず、言葉を続けた。

「実を言うとな。俺はおまえに一目置いていたこともある。たいしたもんだと思った。若いのにいっぱしの悪党だった。だが、誰かに命じられて悪さをするようになっちゃお終《しま》いだな」

篠崎は、ほほえんだまま小さくかぶりを振った。

「何だよ」

速水が言う。「言いたいことがあったら言えよ」

篠崎はちらりと安積を見てから、ようやく口を開いた。

「挑発したって無駄だ」

速水がこたえる。

「挑発しているわけじゃない。事実を語ってるんだよ。俺はおまえに失望した」

篠崎が言う。

「腕を折られたやつが言うことじゃないな」

静かな語り口だった。

取調室に連れてこられた反社は、あまりこういう態度を取らない。たいていはふてくされたようだったり、露骨に反抗的だったりする。

あるいは、取り入ろうとするかのように従順になるやつもいる。できるだけ量刑を軽くしようと考えるのだ。

実は、反抗的なやつらより、こうした計算高いやつらのほうが面倒なことが多い。どこまで本気かわからないからだ。

篠崎は、そのどちらとも違った。

速水が言う。

「俺の腕を折ったやつも捕まえた。たしか石津武志だったな。警察官に手を出したやつには容赦しない。徹底的に締め上げてやる」

すると、篠崎は言った。

「俺には関係ない」

取り調べを始めたときと、基本的な姿勢は何も変わっていない。だが、少なくとも篠崎は話しはじめた。

これは大きな前進だと、安積は思った。当初は完黙かと思っていたのだ。

「どうしておまえの逮捕状が取れたかわかるか？」

「警察や検察の事情などわかるはずもない」

「青海に集まったおまえの仲間が証言したんだ。おまえに集合をかけられたんだってな。つまり、おまえを売ったやつがいるんだよ」

「興味ないな」

「興味があるかないかなど関係ない。おまえにはすべての責任を取ってもらう」

篠崎が安積に視線を戻した。

「安積さんだっけ？　あんたの話はつまらないから返事をしないつもりだったけど、それじゃ俺が不利になると思った」

「どう不利になるんですか？」

「あんたは、何もかも俺のせいにしたがっているようだが……」

「違うんですか？　もし違うと言うのなら、その根拠を話してください」

篠崎がようやくしゃべりはじめた。

本番はこれからだ。安積はそう思った。

23

「俺は、人の望みを叶《かな》えてやるのが好きなんだ」

篠崎は言った。

穏やかな口調だった。皮肉な響きや逆説的な感じはまったくなかった。まるで素直な思いを語っているように見えた。それが不気味だった。

安積は聞き返した。

「人の望み……?」

「そう。耕一も琢也も、相手は誰《だれ》でもいいから人をぶん殴りたがっていた」

ガンダム像の近くで恐喝しようとした二人組のことだ。

篠崎の言葉が続く。

「だから、俺は言ったんだ。やれば、って。先のことなんて考えることはないから、やればいいってね」

「恐喝と暴行の教唆を認めるのですね?」

「教唆ってのは人をそそのかすってことだ。俺はそんなことはしていない。やりたいなら、やればいいと言っただけだ。人をぶん殴ったのは、耕一と琢也の意思だ」

黒木は淡々とパソコンのキーボードを叩《たた》いている。安積の質問と篠崎の供述を記録しているのだ。

「しかし、あなたの言葉がなければ、高野耕一と石毛琢也の二人は、恐喝未遂と暴行をすることはなかったでしょう」

「俺が言わなくても、いつかはやっただろう」

「柿田義雄、福智吾郎、飯塚満の三人はどうですか。あの三人にスナックちとせで暴れるように指示したのは、あなたでしょう」

「同じことだ。あの三人も暴れたがっていた。生きていても何もいいことなんてない。暴れてすっきりしたい。そんなやつらなんだよ。だから、好きな場所で好きな時に好きなようにすればいいって言ったんだ」

この供述で教唆犯として起訴できるだろうか。たしかに、篠崎の言葉がなければ、五人の実行犯は、犯行に及ばなかったかもしれない。しかし、篠崎は犯行は実行犯たちの意思によるものだと主張しているのだ。

安積が考え込むと、速水が言った。

「あの五人が警察に捕まってもいいと、おまえは思っていたんだな?」

篠崎はゆっくりと速水のほうを見た。やはりその眼《め》には何の感情も見て取れない。

「そんなことはどうでもいい」

「そう。おまえにとってはどうでもいいことだろう。だが、五人はおまえがケツを持ってくれると信じていたんだろう」

「あいつらが何を思っていたかなんて知らない」

「そいつは妙だな。おまえは、他人の希望を叶えてやるのが好きだと言った。つまり、あの五人の気持ちがわかっていたんだろう」

篠崎はまるで興味を失ったように、速水から眼をそらした。速水が言ったことが気に入らなかったのだろう。

つまり、速水の言葉は篠崎を動揺させたということだ。

黒木がキーを叩く音が響く。

速水がさらに言った。

「青海コンテナ埠頭《ふとう》に、凶器を持った男たちが約二十人。単車が十台ほど。車両が四台。これだけの勢力を集められるのは、おまえしかいない。実際、おまえが集合をかけたと供述したやつもいる」

篠崎はますます白けた表情になっていく。

「集まりたいと言うやつがいた。だから、好きにしろと言った。それだけのことだ」

「いや。違うな」

速水は言った。「あそこに人や単車を集めたのは、おまえの意思だ」

「知らねえよ」

「愛想が尽きたんだろう?」

不意をつかれたように、篠崎は速水の顔を見た。これまでに彼は、こんな反応を見せたことがなかった。間違いなく速水は彼を動揺させている。

篠崎が聞き返した。

「何言ってんだ?」

おそらくこれは、取り調べが始まって以来、篠崎からの初めての質問だ。

速水が言った。

「新藤進だよ。おまえは、新藤に命じられて臨海署管内で騒ぎを起こした。柿田たち五人が警察に捕まってもかまわないと、おまえが思っていたのは、警察沙汰《ざた》になることが新藤の指示だったからだ。そうだな? おかげで、臨海署はけっこう忙しかったよ」

篠崎はつまらなそうにつぶやいた。

「新藤が何だって言うんだ」

「おまえが、新藤に命令されて動いていたってことさ」

「冗談じゃない」

篠崎は吐き捨てるように言った。そして、皮肉な笑みを浮かべた。彼は感情を表に出しつつある。「俺が新藤に命令されて動いたというのは間違いだ」

「新藤はそれを認めている」

これは多分にはったりだ。新藤は、はっきりと篠崎に指示したことを認めたわけではない。しかし、この一言は効果があった。

篠崎に苛立《いらだ》ちの様子が見て取れた。

「それは嘘《うそ》だ。俺は新藤に命令されてなんかいない。誰も俺には命令なんかできない」

「おまえは、臨海署管内の治安の悪化を新藤に命じられた。それで、柿田たちに恐喝やスナック内での暴行をやらせたんだ」

「命令なんてされてない」

篠崎は言った。「言っただろう。俺は誰かがやりたがっていることを叶えてやるだけだって」

「それは、新藤がやりたがっていることを叶えてやったということか？」

「あいつ、自分じゃ何もできないからな」

速水が安積のほうを見た。

安積は尋ねた。

「新藤がやりたがっていることって、何なのですか？」

「あいつ、ばかな夢を見てやがるのさ。親分になりたいんだ」

「それは、暴力団を作るということですか？」

「指定団体になって取り締まり食らったら元も子もない。だから、組織を作らないで、地元の顔役になり、必要なときは俺たちみたいのを動かす。そんな夢さ」

いつか新藤が言っていた、江戸時代の岡《おか》っ引《ぴ》きの親分のようなものを思い描いているのだろうか。それはあまりに非現実的だ。

おそらく、篠崎もあきれたのだろう。

当初は篠崎にもそれなりのメリットがあったのかもしれない。町田からお台場に戻ってきた篠崎には、勢力を保ち、さらには拡大するための足がかりが必要だったはずだ。

新藤の存在はそんな篠崎には渡りに船だったのだろう。

しかし、次第に荒唐無稽《こうとうむけい》な新藤の「夢」についていけなくなったのだ。

安積は質問した。

「警察に敵《かな》うはずがない。それを、新藤にわからせたかった。それで、凶器を持ったりバイクに乗った仲間を集めたのですね?」

篠崎は、ふんと鼻で笑った。

「機動隊は、さすがにヤバい」

署長の指示は、「一言でいいから、篠崎に新藤との関係をしゃべらせろ」というものだった。すでにその目的は果たしたと、安積は思った。

安積は篠崎に言った。

「あなたを検察に送ります」

篠崎は興味なさそうだった。

本当にどうでもいいと思っているのかもしれない。今はいい。そのうちに、彼も送検・起訴されるということが、どういうことか理解するに違いない。現実と直面することになるのだ。

安積は席を立ち、取調室を出た。

速水がついてきた。黒木はまだ取調室の中にいる。

安積は速水に言った。

「おまえのおかげで、篠崎がしゃべってくれた」

「おまえがあいつにプレッシャーをかけたんだよ。俺は最後の一押しをしただけだ」

「篠崎は何も反省していないように見える」

「当然だ。あいつは悪いことをしているなんて、これっぽっちも思っちゃいない」

「あいつに社会規範を教えることは不可能なのか？」

「無駄なことだな」

安積は無力感を覚えて言った。

「ああいうやつが、世の中にはまだまだたくさんいるんだろうな」

「いる」

「俺たちは、そういうやつらと戦っていかなけりゃならないんだな」

「おい、係長」

「何だ？」

「狼《おおかみ》にとらわれてはいけない。それはやつらの思う壺《つぼ》だ」

「とらわれてはいけない？」

「そうだ。狼を恐れて、狼のことばかり考えるようになったら、やつらの天下になる。俺たちは羊飼いだ。羊飼いが考えなければならないのは羊のことだ」

安積はしばらく考えてから言った。

「含蓄のある言葉だな」

「だろう」

翌日の一月三十日木曜日、安積は朝一番で、榊原課長の席を訪ねた。

「篠崎の取り調べについて報告します」

すると、榊原課長が言った。

「待て。その報告は俺にじゃなくて、署長にしてもらう」

そして、警電の受話器に手を伸ばした。相手は警務課の署長秘書担当だ。面会を申し入れるのだ。

電話を切ると、榊原課長は言った。

「すぐに会えるそうだ。行こう」

安積は榊原課長について署長室に向かった。

署長席の前に立ち、報告を始めようとすると、野村署長が言った。

「ソファに座ろう」

三人は、来客用のソファに移動した。野村署長を前に、安積と榊原課長が並んで座った。

「篠崎は罪状を認めたのか?」

署長の質問に、安積はこたえた。

「大筋で認めたと言っていいと思います」

「送検には問題ないんだな?」

「ありません」

「検察が腹を立てて突っ返してくるようなことはないな」

「ないはずです」

「はずじゃ困るんだ」

「こちらが万全と思っても、相手の検事次第ですので」

「わかった。さて、本丸は新藤だってことはわかってるな？」

「篠崎は、新藤との関係をある程度認めました」

「ある程度？」

「命令されたのかとの質問は否認しましたが、新藤がやりたがっていることをやってやったのだと供述しました」

「どういうことだ？」

安積は詳しく篠崎の供述の内容を伝えた。

それを聞き終えると、署長は言った。

「充分だ。篠崎が仲間に管内で騒ぎを起こさせ、治安の悪化をもくろんだ。これは立派な教唆犯だ。そして、その背後に新藤がいた。新藤も教唆犯だ。逮捕状が取れる」

「あの……」

榊原課長が慌てた様子で言った。「新藤が教唆犯ですか？」

「そうだ。ガンダム像近くでの暴行やスナックでの器物損壊に傷害。青海コンテナ埠頭での凶器準備集合罪。これらの教唆犯だ」

「新藤は、実行犯である柿田ら五人に直接指示はしておりませんが……」

「おい、刑事課長。刑法六十一条をちゃんと読み返してみろ」

教唆犯についての条文だ。

「はあ……」

「いいか。六十一条には、はっきりとこう書いてある。まず、第一項だ。人を教唆して犯罪を実行させた者には、正犯の刑を科する。そして、第二項。教唆者を教唆した者についても、前項と同様とする。つまりだ。教唆犯の篠崎を教唆した新藤も、実行犯と同じ刑になるということだ」

それでも榊原課長は心配そうだ。

「それで、逮捕できるでしょうか」

「できる」

野村署長がきっぱりと言った。「すぐに逮捕状を請求しろ。担当の裁判官がごちゃごちゃ言ったら、俺が説明に行く」

「わかりました」

榊原課長がそう言って安積を見た。

安積は言った。

「すみやかに請求のための書類を作ります」

榊原課長が言った。

「疎明《そめい》資料をしっかり付けてくれ」

確固とした物的証拠がない場合、状況を説明するための資料を付けることがある。それが疎明資料だ。

令状発行を担当する裁判官に対する説得材料だ。

「承知しました」

安積はこたえた。


榊原課長の心配をよそに、逮捕状はその日の午後に、あっさりと発付された。野村署長の判断が正しかったのだ。

課長が安積に指示した。

「すぐに、新藤の身柄を押さえてくれ」

「了解です」

安積班全員が出動だ。新藤の所在は、あらかじめ須田と黒木が確認していた。長期滞在しているホテルの部屋にいた。

台場二丁目にある高級なホテルだ。捜査員たちは、部屋を訪ねた。ドアが開いて、新藤が顔を出した。くつろいでいたらしく、白いジャージ姿だ。

彼は、安積班の面々の顔を見回してぽかんとした表情になった。

「刑事さん……。いったい、何事です」

安積は懐から逮捕状を出し、広げてそれを掲げた。

「恐喝未遂、暴行、器物損壊、傷害……。それらの教唆をした容疑で、あなたを逮捕します」

「な……」

新藤は一瞬、言葉を失った。しばらく、何を言っていいかわからない様子で、安積の顔を見つめていた。

やがて彼は、笑いを浮かべた。

「安積係長でしたっけ？　これは、何の冗談です？」

「冗談ではありません。これが逮捕状です」

新藤は笑い飛ばそうかどうか迷っている様子だ。その顔から笑みは消えていた。

「教唆だって？」

「詳しいことは署でお話ししましょう。いっしょに来ていただきます」

「待て。弁護士を呼んでくれ」

「はい。連絡がつく弁護士はいますか？　それとも国選弁護人を呼びますか？」

「顧問弁護士がいる」

「では、署に着いたら連絡してください」

本当は連行される前に連絡しても構わない。だが、あまり早く弁護士が現れると面倒なので、身柄を確保してから連絡してもらうことが多い。

新藤はとたんに、開き直ったようにあっけらかんとした態度になった。

「臨海署に行くんですね。いいですよ。行きましょう。私の言い分も聞いてもらいたいですからね」

ともあれ、新藤の身柄は確保できた。

その身柄を臨海署に運ぶと、ひとまず留置場に入れた。

安積は電話で榊原課長に、新藤の身柄確保の報告をした。

「わかった。ご苦労」

電話が切れてしばらくすると、別の着信があった。野村署長からだった。

「新藤の身柄を取ったと聞いた」

「はい。今、留置場にいます。これから取り調べを始めます」

「準備が整ったら知らせてくれ」

「取り調べの準備ですか?」

「そうだ。俺も話を聞きたい」

「では、マジックミラーのある部屋にしましょう。ミラー越しに話を聞けます」

「いや、直接話をしたい」

「わかりました。連絡します」

結局用意できたのは、マジックミラーなどない狭い取調室だった。

桜井が記録係だ。署長が来るというので、取り調べは部下に任せずに、安積がやることにした。

スチールデスクの向こうにいる新藤は、篠崎とは対照的だった。横を向いて座り、脚を組んでいる。視線をあらぬ方向に向けていた。

典型的なチンピラの態度と同じだった。

安積がスチールデスクを挟んで向かい側に座ると、新藤は言った。

「弁護士に電話させてくれるんだろう?」

「もう少し待ってください」

「それって、違法なんじゃないの? 人権侵害だよ」

「連絡させないとは言っていません。少しだけ待ってほしいんです」

「だいたいね。俺は何もしていないんだ。逮捕される覚えはない」

「篠崎の証言があるんです。臨海署管内で騒ぎを起こし、治安の悪化をもくろんだのには、あなたが関与していると……」

「篠崎が何を言おうと知ったこっちゃないね」

「その証言をもとに、逮捕状が取れました」

新藤がふんと鼻で笑ってそっぽを向いた。

そのとき、ドアをノックする音が聞こえた。桜井がドアを開けると、野村署長がそこにいた。

桜井は気をつけをした。

取調室に入ってくると、野村署長は言った。

「新藤さん。いろいろと話を聞かせてもらいますよ」

「あ、署長。もう勘弁してくださいよ。逮捕なんて、冗談なんでしょう?」

野村署長がこたえる前に、安積が言った。

「冗談なんかじゃないと言ってあります」

野村署長がうなずいてから言った。

「そう。あなたは間違いなく逮捕されたんですよ」

新藤が言う。

「これは誤認逮捕だ。弁護士に連絡させてくれと言っているのに、安積係長は認めてくれないんだ。それは違法でしょう」

野村署長は安積に言った。

「それはまずいな。電話くらいかけさせてやったらどうだ」

安積は、新藤に弁護士への電話を認めた。

24

弁護士がやってくる間に、訊《き》きたいことを訊いておこうと、安積はさっそく取り調べを始めた。

新藤は不満げな表情で、おざなりな返事をする。

「あなたは、篠崎を使って臨海署管内でいくつかの事件を起こさせた。目的は管内の治安の悪化です。そうですね？」

「何で俺が、そんなことをしなければならないんだ？」

「自分の影響力を示すためです。治安維持に自分が協力できると、警察にアピールしたかったのでしょう」

「そうだよ」

新藤は言った。「俺はあくまでも警察に協力したいと言ってるんだ。それの何が悪い」

すると、野村署長が言った。

「マッチポンプはいけないね」

つまり、自分で事件を起こさせておいて、それを解決してみせるということだ。

それから、署長は安積に言った。

「発言していいか？」

安積は「もちろんです」とこたえた。

野村署長が新藤に言った。

「多少のいたずらなら目をつむってもいいと思ったが、地域住民に被害があれば、俺は黙ってはいない」

「俺は何もしていない。半グレがやったことでしょう」

「その半グレを動かしたのは、あんただ」

「証拠があるのかね？」

これは犯罪者の常套句《じょうとうく》だ。

「篠崎の証言がある。状況証拠だけで充分だよ。だから逮捕状が取れたんだ」

次第に新藤の顔色が悪くなった。

「ふん。どうせ、不起訴か起訴猶予だ。悪くても執行猶予付きになる。弁護士がうまくやってくれる」

野村署長がかぶりを振った。

「判事の裁定はそう甘くはありませんよ。まあ、もし起訴猶予、執行猶予ということになっても、俺はあんたが俺の縄張りにいることを許さない」

「警察官に、そんなことを言う権限はない」

「いや」

野村署長は言った。「俺は言うよ。そして、実行する。あんたにはお台場から出ていってもらう」

ほどなく弁護士がやってきて、新藤と二人だけにするように言った。

安積、野村署長、桜井は廊下に出た。

十分ほどで弁護士が出てきて言った。

「依頼人は黙秘します」

すると、野村署長が安積に言った。

「かまわん。送検してしまえ」

そうすることにした。


午後三時頃《ごろ》、席にいた安積は榊原課長に呼ばれた。

「新藤の事案を受け取った検事が文句を言ってきた。こんなくだらん事案を裁判にするつもりかと……」

「突っ返してきたということですか？」

「野村署長が返答した。くだらん事案とは何事かってな。我々には治安を守る責任がある。あんたがくだらんと言う暴行や恐喝などを、見て見ぬ振りをしたから、暴力団が日本中にはびこることになったのではないか。署長はそう喝破したらしい」

「それで……？」

「相手の検事はあっさり引っ込んだそうだ」

「さすが野村署長です」

「これで、一件落着だな。ご苦労だった」

午後五時になろうとする頃、真島係長が二人の部下を従えてどこかに出かけていく様子だった。

篠崎と新藤の送検も済み、安積班は久しぶりにのんびりした午後を過ごしていた。真島係長が安積の視線に気づいて近づいてきた。二人の部下を待たせたままだった。

「いやあ、今回はいろいろと世話になったな」

「世話になったのはこっちだ。強行犯係の事案だったんだ」

「これまで入手困難だった半グレの情報を、しこたま手に入れることができた。あんたと速水のおかげだ」

そう言えば、新藤の逮捕・送検のことは、まだ速水に知らせていなかった。後で顔を見にいこうと思った。

「何か事件か？」

安積が尋ねると、真島係長はこたえた。

「アフターケアだ」

「アフターケア？」

「カルロだよ。篠崎を追い出したからといって安心はできねえんだ。反社のやつらはしつこいからな」

「半グレが店に近づかないように、様子を見にいくということか？」

「そうだ。地域住民を反社から守るのが俺たちの役目だ」

羊飼いは狼にとらわれるのではなく、羊のことを考えなければならないと、速水が言っていた。

それは、こういうことだったのかと、安積は思った。

「俺たちにできることがあったら言ってくれ」

「じゃあ、一つ頼んでいいか？」

「何だ？」

「サントソとマルティニの様子を見てきてくれないか」

「わかった。アフターケアだな？」

「アフターケアだ」

真島係長たちは出かけていった。

サントソとマルティニの件を話すと、須田はとたんに嬉《うれ》しそうな顔になった。

「実はずっと気になっていたんです。さっそく水野と行ってきます」

「そうしてくれ」

安積は席を離れ、交機隊の分駐所に向かった。

三角巾《さんかくきん》で左腕を吊《つ》った速水が退屈そうにしている。近づく安積に気づいて彼は言った。

「どうした、係長」

「新藤を送検した。担当の検事は渋っていたようだが、野村署長が説得した」

「いちおう嵐《あらし》は去ったということだな」

「そうだ」

「だが、半グレたちがいなくなったわけじゃない。篠崎が呼び寄せた連中が、そのままお台場や有明のあたりに残っているかもしれない」

「さっき、真島たちがカルロに出かけていった」

「カルロに？」

「アフターケアだと言っていた」

「なるほどな」

速水は笑みを浮かべた。「俺が考えるくらいのことは、真島がちゃんと考えているということだ」

「俺たち強行犯係も気を抜かない。須田と水野が、サントソとマルティニの様子を見にいく」

速水がうなずく。

「俺たちだって気は抜かない」

「おまえは傷を治すことに専念しろ」

「骨折なんて、このまま放《ほう》っておけば治るんだ」

「ギプスが取れるまでおとなしくしてろ」

「わかってるさ。ハンドルも握れないからな」

「だから、ここで暇そうにしているんだな」

「暇そうだなんて心外だな。俺はここから隊員たちに指令を飛ばしているんだ」

「それは失礼した」

「なあ……」

「何だ？」

「今度、真島たちのアフターケアの成果を見にいってみよう」

「カルロにか？」

「そうだ」

「悪くないな」

速水とうなずき合い、安積はその場を離れた。


その日の午後七時過ぎ、須田と水野が誰かを連れて戻ってきた。

「どうも、石渡です」

その男は言った。安積は誰だか思い出せなかった。

須田が言った。

「樽駒の店長です」

思い出した。サントソとマルティニが働いている居酒屋の店長だ。

安積は挨拶《あいさつ》をしてから尋ねた。

「何か、苦情でも……？」

「苦情？」

石渡は言った。「とんでもない。お礼を言いにきたんですよ」

安積は戸惑った。警察官は非難されることは多いが、礼を言われることなど滅多《めった》にない。

須田が言う。

「お店に行って、サントソとマルティニのことを尋ねたら、石渡さんは、どうしても署にやってきて礼を言いたいと……」

石渡が言う。

「警察がこれほど親身になってくれるとは思ってもいませんでした。ただでさえ、外国人は冷たくされがちなのに……」

「二人とも元気なのですね？」

「はい。おかげさまで。危ない目にあった当初は、マルティニも怯《おび》えていましたが、今はすっかり元気です」

それを補うように、水野が言った。

「二人と会ってきました。石渡さんがおっしゃるように、二人とも元気でやっていました」

安積はうなずいた。

「それはよかった」

石渡が言う。

「実を言いますとね、雇った当初はどうだろうと思ってたんですよ」

「どうだろうと言いますと？」

「私にも多少差別の意識があったんですね。外国人を雇うと何かと面倒なことがあるんじゃないかと……。不法滞在とか不法就労とか……。でもね、雇ってみたら、サントソもマルティニも真面目《まじめ》で明るくていい子たちだったんですよ。客の中には露骨に差別するやつもいるんです。そういうやつらには、はっきり言ってやります。お代はいいから帰ってくれって」

「それは立派だと思います」

「私が二人を守らなくちゃならない。いつしかそう思うようになったんです。だから、警察の人たちが親身になってくれたことが、ことのほか嬉しかったんですよ。どうしてもお礼を言いたくて」

「わざわざいらしてくださり、こちらこそお礼を言いたいです」

石渡は再度礼の言葉を述べてから引きあげていった。

安積はつぶやいた。

「あの人も、羊飼いの仲間だな……」

それを聞き留めた須田が言った。

「何です?」

「いや、こっちの話だ」

それから一週間ほど経《た》ったある日のこと、珍しく安積班全員が定時で帰れることがわかった。

安積は、真島係長の席に行き、言った。

「カルロの様子はどうだ?」

「ああ。問題ないよ」

「あそこに溜《た》まっていた半グレたちは排除できたのか?」

「もちろん。店の雰囲気はすっかり変わった。昔のカルロに戻ったんだな」

「居心地がいいということだな?」

「悪くない」

「これから、部下たちと行ってみようと思うんだが……」

「おう。じゃあ、うちの連中も連れて俺も行こう」

「カルロで集合しよう」

「わかった」

安積は部下たちを誘い、係を出ようとした。すると、村雨が言った。

「速水小隊長に声をかけなくてだいじょうぶですか?」

安積は彼とカルロの話をしたことを思い出した。

「そうだった。電話をしておこう」

廊下を歩きながら電話をすると、速水は言った。

「おう。真島のアフターケアの成果を見にいくんだな。俺も行くぞ」

安積は言った。

「じゃあ、先に行っている」

安積が電話を切ると、桜井が言った。

「無線で呼び出される前に、早く行きましょう」

「ばかだな」

須田がそれに応じる。「事件の無線が入ったら、どこにいようが駆けつけなきゃならないんだよ」

「とにかく、早く行こうってことです」

一行は、ゆりかもめの駅に向かった。


「へえ……」

カルロで真島係長と合流すると、安積は言った。「本当に雰囲気が変わったな」

「内装はまったく変わっていないんだけどな。飲食店にとって客層ってのがいかに大切かってことだよな」

安積班と暴対係の面々は思い思いに、あちらこちらのテーブルに散らばっている。安積も席に着こうと思っていると、店長の小倉が近づいてきた。

「その節はどうも……」

彼は戸惑う様子でそう声をかけてきた。警察に逆らう恰好《かっこう》になっていたので、話しづらいのだろう。

安積は言った。

「店はすっかり変わりましたね」

小倉はぺこりと頭を下げた。

「本当に、警察の皆様のおかげです」

その顔から険が抜けたと、安積は感じた。恐怖や怒りは人相を変えるのだ。

「以前も言ったように、どちらの側に付くか間違えないことです」

「はい。肝《きも》に銘じておきます」

安積は、真島係長がいるテーブルに向かった。


ウイスキーのソーダ割りを一杯飲み干す頃、速水がやってきた。

部下を連れてくるかと思ったが、彼は一人だった。カウンターの前に立ち、店の中をゆっくりと見回すと、安積と真島係長の席に近づいてきた。

まるで、自分の店のような貫禄《かんろく》だ。こいつはどこにいても、こんな顔をしている。その自信がうらやましいと、安積はいつも思う。

「おい」

席にやってくると、速水は安積と真島係長に言った。「せっかく半グレを追い出しても、こうやって警察官《サツカン》が我が物顔で入り浸っていちゃ同じことだぞ」

真島係長が言った。

「おい、半グレといっしょにするなよ」

「あんたら、見かけは同じようなものなんだ。気をつけろよ」

安積は言った。

「俺たちがこぞって飲みにくるのは、おそらく今日だけのことだ。たまたま皆の都合がついた。こんな日は滅多にない」

真島係長が速水に言う。

「見かけの話をすれば、おまえだってたいして変わらんぞ」

「マル暴と変わらないって？　そいつは光栄だな」

速水はウイスキーのオンザロックを注文した。真島係長が苦笑した。

「ロックか。飲む気まんまんだな」

「長居をする気はないんでな」

酒がやってくると、三人はグラスを合わせた。

速水が言うとおり、警察官に長っ尻《ちり》はいない。それぞれの飲み物を二杯ずつ空けると、三人の警部補は勘定をした。

「お代はいらない」と店長の小倉は言ったが、その言葉に甘えるわけにはいかない。

安積は小倉に言った。

「収賄で捕まりたくないんだ」

小倉はきょとんとした顔をしていた。

店の外に出ると、いつかと同じように速水が空を見上げた。安積もそれにならった。

真島係長が言った。

「何だ？　二人して何してるんだ？」

安積は天を指さして言った。

「あの星だな？」

「そうだな」

速水がうなずいた。

真島が尋ねる。

「何の話だ？」

安積はこたえた。

「星だ」

「星……？」

「そう。シリウスだ。天狼星《てんろうせい》だよ」

真島も空を見上げた。

本書は「ランティエ」二〇二四年一月号から二〇二四年十二月号まで連載した作品に加筆・修正いたしました。

装画　星野勝之
装幀　荻窪裕司

著者略歴

今野敏（こんの・びん）
1955年、北海道生まれ。上智大学在学中の1978年に『怪物が街にやってくる』で問題小説新人賞を受賞。卒業後、レコード会社勤務を経て専業作家に。2006年、『隠蔽捜査』で吉川英治文学新人賞、2008年に『果断 隠蔽捜査2』で山本周五郎賞、日本推理作家協会賞を受賞。2017年、「隠蔽捜査」シリーズで吉川英治文庫賞を受賞。2023年に日本ミステリー文学大賞を受賞。著書に「秘拳水滸伝」「サーベル警視庁」「東京湾臨海署安積班」「任侠」シリーズなど多数。

Kadokawa Haruki Corporation

今野敏

天狼《てんろう》 東京《とうきょう》湾臨海署《わんりんかいしょ》安積《あずみ》班《はん》

*

2025年3月18日第一刷発行

発行者 角川春樹
発行所 株式会社 角川春樹事務所
〒102-0074 東京都千代田区九段南2-1-30 イタリア文化会館ビル
電話03-3263-5881（営業） 03-3263-5247（編集）
印刷・製本 中央精版印刷株式会社

ISBN978-4-7584-1479-1 C0093
http://www.kadokawaharuki.co.jp/

今野敏の本

サーベル警視庁

警察小説の第一人者・今野敏が、初の明治警察に挑む!

明治38年7月。国民が日露戦争の行方を見守るなか、警視庁第一部第一課の電話のベルが鳴った——。殺された帝国大学講師・高島は急進派で日本古来の文化の排斥論者だという。同日、陸軍大佐・本庄も高島と同じく、鋭い刃物で一突きに殺されたとの知らせが……。警視庁第一部第一課は、伯爵の孫で探偵の西小路や、元新選組三番隊組長で警視庁にも在籍していた斎藤一改め藤田五郎とともに捜査を進めていくが——。

(解説・西上心太)

角川春樹事務所